講談社文庫

霞町物語

浅田次郎

講談社

目次

霞町物語

霞町物語

霞町《かすみちょう》という地名は、とうに東京の地図から消されてしまった。

だが今でも、かつてそう呼ばれたあたりの街角に立てば、誰もがなるほどと肯《うなず》くことだろう。できれば冬の夜がいい。青山と麻布と六本木の台地に挟まれた谷間には、夜の更けるほどにみずみずしい霧が湧く。周囲の墓地や大使館の木立ちから滑りおりた霧が、街路に沿ってゆったりと流れてくるのである。

あのころ――いや、もう「あの時代」とでも言った方がいいのかも知れない。

飛行機事故で死んでしまったオーティス・レディングの歌声が、ビルの谷間に沈んで行く僕らの故郷に妙に似合っていた、あの時代の話だ。


僕が明子《はるこ》を初めて見かけたのは、青山のパルスビートだった。

フラッシュライトが炸裂し続け、フロアに踊り狂う若者たちの姿が分解写真のようにしか見えない店の中で、どうして明子の姿だけをそうもはっきりと覚えているのだろう。

まず身なりがちがっていた。

ちょっと大時代な、僕らの兄貴たちの世代にはやったような裾広がりのドレスを着て、長いストールを肩から掛けていた。赤いハイヒールはことさら目についた。暗鬱《あんうつ》なリズム・アンド・ブルースの中で、彼女ひとりだけが六十年代のアメリカンなのだった。顔までがそうだった。細く引いた眉と赤い唇とが、どぎつい化粧の少女たちの中で一輪ざしの花のように浮き立っていた。

夜が終わり、店内に紛れこんでいる年かさの客たちのために、一曲だけご愛嬌《あいきょう》のプレスリーがかかると、明子はポニーテールと短いドレスの裾をひるがえして、上手にジルバを踊った。週に一度か二度、僕らがパルスビートに行くたび、明子は必ず同じようななりでそこにいた。

もともと僕らが根城にしていたのは、一世を風靡《ふうび》した赤坂のムゲンだった。高校に入ったころから、エヌコロと呼ばれたホンダの軽自動車を転がして、夜な夜な出かけた。

二年生になるとじきに雰囲気が悪くなったので、六本木の小さなディスコに移った。下品なシャコタンのムスタングや、ステッカーをベタベタと貼ったカマロが、川向こうから大挙してやってくるようになったからだ。やつらときたら、みんなお揃いの派手なアロハにマンボズボンをはき、盆踊りみたいなステップでフロアを占領してしまうのだった。女とみればすぐ声をかけ、目が合えばたちまち因縁をつけてくるのだった。

一方の僕らはといえば、兄貴たちから申し送られた通りに、踊りに行くときはバリッとしたコンテンポラリィのスーツを着、タブカラーのシャツに細身のタイを締め、髪はピカピカのリーゼントで固めていた。少なくともそういうスタイルが、僕らの町で遊ぶときの、僕らの仁義だった。

僕らはみな、十八になるのを待って軽免許を普通免許に書き換え、親に泣きついてブルーバードのSSS《スリーエス》やスカイラインを買った。それらの車もリーゼントと同様ピカピカに磨き上げ、エンジンだけをチューンしてノーマルな外観のまま乗るのが、僕らの正しい作法だった。

そんな僕らにとって、やつらはまったくがまんのならない、野蛮な侵略者だった。ウエストサイド・ストーリーそこのけに張り合った時期もあったが、それはおたがいの頭数が拮抗《きっこう》していたころのことで、日が経つにつれ僕ら原住民の旗色は悪くなった。毎月のように誰かしらが家を売っ払って引越して行くのだから仕方がない。しかも車のナンバープレートが他県のものに変われば、ひとりも戻ってはこなかった。

仲間は櫛《くし》の歯が欠けるように減って行き、とうとう六本木にも居づらくなった僕らは、霞町の通りに面したミスティというショット・バーにたむろするようになった。

「明るい子って書いて、ハルコって読むの。変でしょ」

と、喫《す》いつけぬ煙草を吹かしながら明子が言ったのは、霧の街路を眺めるミスティのカウンターだ。酔いどれのピアニストが、カーメン・キャバレロそっくりのピアノを僕らの背中で弾いていた。

明子をミスティに連れてきたのは、ほんのなりゆきである。僕らは踊り場で見知らぬ女に声をかけることなどなかった。そういう遊び方は、やつらが持ってきた習わしだ。

その晩、明子はパルスビートで、獣のようなやつらに攫《さら》われそうになっていた。カマロのリヤシートに押しこまれてしまったが最後、青山墓地か外苑の暗がりで何をされるかはわかりきっていた。そこで、たまたまなりゆきを見守っていた僕とトオルが、仲間のような顔をしてうまいこと明子を助け出したのだった。

今にもカマロに押しこまれそうなところに割って入って、「おい、何やってんだ。ダチか?」とひとこと言ったら、やつらは何ひとつ口ごたえはせず、明子もホッとした顔で僕の車に乗った。なりがなりだから僕らはいくつも老けて見えたし、とっさのことで地元のヤクザだと思われたのかも知れない。

走り出したとたんに誰かが思い直したとみえて、カマロはクラクションを鳴らしながら尻をあおってきた。カーチェイスになったら、僕のロータリークーペではかないそうになかった。しかしじきに、トオルのスカイラインがうまく割って入って、やつらを引きつけた。飯《いい》倉《ぐら》の大地主の倅《せがれ》であるトオルの車は、フル・チューンのGTRだった。しかもおしゃれなトオルは、誇り高い「R」のエンブレムをわざわざ外して乗っていた。やつらが必死で追いかけても、外苑を軽く一周するだけでぶっちぎられることは目に見えていた。

「明るい子って書いて、ハルコって読むの。変でしょ」

車の中でもずっと黙りこくっていた明子は、ミスティのカウンターに座るなり、確かにそう言った。

「どこかに連れてかれちゃうと思ったんだけど」

「そうさ。だから助けてやったんだ。恩に着ろよ」

「ちがうわ。あなたに」

赤いハイヒールの踵《かかと》で僕の足をこつんと蹴り、明子はそう言って笑った。

暗がりでは良くわからなかったのだが、ミスティのランプシェードの下で見ると、明子は孔雀《くじゃく》の羽のいろに輝くふしぎなドレスを着ていた。例の膝の丈で牡丹《ぼたん》の花のように膨らんだ、動くたびにレースのペチコートが見え隠れするドレスだ。そして同じ生地のショールを、袖なしの肩に掛けていた。

後からやつらを撒《ま》いてやってきたトオルは、僕らの様子を見るなり、なにカッコつけてんだ、というふうに遠くのボックスに座った。

確かになりゆきからすれば、どこぞのホテルまで突っ走るのは僕の権利だったろう。それはみちみち考えぬでもなかった。だが、明子の持つ妙な異物感——やつらとも僕らともちがうふしぎな妖しさが、僕を少しばかり臆病にさせていたのだった。

まああわてるな、というふうに、僕はトオルに向かって目配せをした。

「おまえ、家《ヤサ》どこさ」

「梶井坂。すぐそこよ」

「門限は。うるさくねえのか」

「平気。うちは放任だから」

僕の家は梶井坂下の商店街だった。だが、小学校にも中学にもこんなやつはいなかった。嘘をついているのではないとすると——近ごろ梶井坂のあたりに建ち始めたマンションの住人、ということになる。

戦前からそのあたりに住んでいた旧華族や財閥は邸《やしき》を売り払って引越し、入れ替わりにおびただしいプチ・ブルジョアの家族がやってきた。だから皮肉なことに、古い上客がいなくなっても、坂下の商店街はかえって繁盛していたのだった。

ただし、僕の家だけは例外だった。お邸街にはつきものの、気位の高い写真館だったのだから当然だ。いっそうちも地所を売っ払って引越そうと、おやじは弱音を吐いていた。

それが実現しないのは、八十を過ぎてすっかりボケた祖父が、自分の遺した身代を食い潰すまでは看板を下ろすなと、うわごとのように言い続けているからだった。

徒弟あがりの養子である父は、祖父の言いつけに逆らうことはできず、現実に家族は半ばやけくそで身代を食い潰していたのだった。僕のロータリークーペも、せがめば出てくる小遣いも、いわばそういう生活のたまものだった。

御用写真師というのはつまり、近在のお邸のどこかしらで毎日行われていたパーティや園遊会のスナップを撮ったり、殿様が勲章を貰うたびに肖像写真を写す仕事で、祖父の代にはたいそう実入りの良い商売であったらしい。傲岸《ごうがん》な明治の職人である祖父は、戦争に敗けて華族も財閥もなくなったことは知っていたが、彼らの没落についてはどう説明しても信じようとはしなかった。

スタジオの籐椅子《とういす》に日がなじっと座って、ちんぷんかんぷんな独り言を呟《つぶや》く祖父は、まるですっかり色褪《あ》せたペルシャ絨毯《じゅうたん》の絵柄のようだった。たまにポートレートを注文する客が来ても、呆《ぼ》けた祖父が自分でシャッターを押すといってきかないものだから、たいていは怖れをなして帰ってしまった。

祖父の目の黒いうちは何事も変わりようがなく、店は開店休業、父は風景写真を撮りながら温泉場を放浪し、母は芝居漬けになり、倅はグレたというわけだ。

家族は口にこそ出さぬが、祖父が死ぬのが先か、貯金を食いつくすのが先かということだけを考えていた。

明子が丘の上のマンション族ならば、遠慮する理由は何もなかった。早い話が僕にとっては、川向こうからカマロに乗ってやってくるやつらと同類なのだ。

僕は、明子が何杯かのジンライムでしたたか酔ったと見るや、狼になった。いつもなら真剣に腐心する愛の言葉も儀礼も省略し、つむじ風のように第三京浜をとばして、渚《なぎさ》のホテルで明子を抱いた。

潮風に汚れたホテルの窓からさし入る月かげが、明子の真白な体を斑《まだ》らに染めていた。この一夜を余すところなく記憶しておこうとでもするかのように、酔いどれの処女は無口で、しかも貪婪《どんらん》だった。

しかし、どこかちがっていた。夜の白むまで繰り返し明子を抱き続けながら、僕はずっと、いったい何がちがうのだろうと考えあぐねた。

たとえばポニーテールを解いた髪の手触り、掌《てのひら》に収まる肩の丸さ、ぎこちない接吻《せっぷん》の、物語のような甘さ――すべてが、僕の知る女たちとちがっていた。何だか女を抱いているのではなく、女の姿を借りた見知らぬ何ものかを抱いているような気がした。


翌朝早く、まだ道路の混まぬうちに僕らは東京に戻った。

どんなに遊び呆けても学校をサボることがないのは祖父の躾《しつ》けのたまものだった。だから朝帰りのその足で学生服に着替えて登校することなどは、しゃれではないが朝飯前だった。

梶井坂の登り口で別れるとき、明子は助手席から身を起こして、まったく映画のような不意討ちの接吻をした。

「ねえ、あの写真屋さんに行けばいつでも会えるの？」

ちょっと怖い言葉だった。僕は目覚め始めた商店街を眺めながら、自分の住いまでしゃべってしまったことを後悔した。古い商店街のアーケードから通りひとつ隔てれば梶井の森で、うっそうと茂る山腹の上には真新しいマンションが建ち並んでいた。こうして見ると、まさに目と鼻の先なのだった。

来週は中間テストだから会えないと、僕は変な言いわけをした。私もそうだから、じゃあ再来週ね、と明子は何となく強引な感じで言った。

もういちど僕の頬に軽く唇をつけて、明子は梶井坂を駆け上って行った。

車を出そうとして、孔雀の羽のいろのショールが忘れられていることに気付いた。あわてて後を追ったが、明子の姿は長い梶井坂のどこにも見当たらなかった。色付き始めた欅《けやき》の並木の下をどう探しても、まるで別世界にかき消えたように、少女の姿はなかった。

狐につままれた感じで家に帰ると、早起きの祖父がショウ・ウィンドウを磨いていた。

ガラスの中には父の撮った風景写真に並んで、祖父が決してはずさせようとしない、黄ばんだポートレートが並んでいた。恥ずかしいぐらい大げさな、軍服姿の何とか将軍とか、赤坂の芸妓《げいぎ》の手古舞《てこまい》の姿とか、大礼服を着てカイゼル髭《ひげ》を立てた梶井伯爵の肖像だ。それらはまるで、うちも一緒に没落しちまいましたと言っているようなものだった。

僕は朝っぱらからすっかりボケた祖父の顔色を窺いながら、「ただいま」と言った。

「このクソ忙しいのに、朝帰りたァどういう了簡《りようけん》だ。ちったァ分《ぶ》をわきまえろ」

と、祖父はガラスに息を吐きかけながら叱言《こごと》を言った。また僕と父とを間違えている。

いつものことだから憐れむ前に腹が立って、祖父のかいまきの襟《えり》に明子のショールを巻きつけてやった。

「なんだこれァ。やや、女っくせえぞ」

「みやげだよ。そのボロのマフラーよりかマシだろ」

祖父はそこでようやく、目の前の家族が僕であることに気付いたようだった。相好を崩して、有難うよと何度も言い、それから突拍子もなく、

「柏戸《かしわど》はまだとれるってえのに、大鵬《たいほう》のせいで引退させられちまうんだ。ひでえ話じゃねえか」

と、日に三度は言わねばおさまらぬ愚痴を言った。

要領の良い子供であった僕は、テストの間際になると突然まじめになった。

罪もない優等生の家に泊まりこんでノートを写し、家庭教師をやらせた。直前の数日間、ほとんど寝ず食わずで頑張って、けっこうな成績を維持していた。

そんなとき、ぼんやりした頭でふと考えた。

もしかしたらあの夜の出来事は夢ではなかったのか、明子という少女は幻じゃなかったのか、と。

しかし、スタジオの籐椅子の上でまどろむ祖父のかいまきの襟には、依然として孔雀の羽のいろのショールが巻かれていた。

テストが終わってからも僕がしばらく夜遊びに出なかったのは、別に改心したからではない。トオルからおせっかいな電話があって、明子がミスティで待っているから出てこいと言われたからだった。

「お安くねえなあ」と、トオルは電話口で笑い、仲間たちの僕をあざける声が聴こえた。明子が僕の恋人ヅラをしてそこにいる光景を想像すると、意地でも出かける気にはなれなかった。これを機会に、そろそろ受験勉強に身を入れようかとも思った。

大学受験までは四ヵ月しかなかった。

中間テストが終わってしばらく経ったある日、下校の途中でばったりトオルと出会った。久しぶりのことなので家に誘った。

「おめえ、ちょっとやつれたんじゃねえか」

と、トオルは言った。明子のことが頭から離れずにいた僕は、一瞬どきりとしたが、考えてみれば慶応の付属高校で優雅な青春を送っているトオルから見れば、僕のような都立の進学校の生徒はみんなやつれて見えるにちがいなかった。

みちみち何となく明子の話になった。あいつ見かけるか、と訊ねると、トオルは「さあな、たまに来るけど」と、答えをはぐらかした。トオルが見かけによらずけっこう手が早いことを知っている僕は、嫉妬するより先に知ることを怖れた。

菓子やコーラをしこたま買い、梶井坂を下って商店街に入ったとき、鯨のようなリムジンが僕らを追い抜いて行った。

ベンツにしてはでかすぎるし、ロールスほど大げさではない。信号まで追いかけて行って、それがディムラーという英王室御用達の車であることに気付き、僕らは仰天した。

運転手は白手袋を嵌《は》め、助手席には着物を着た年配の女が座っていた。白髪をひっつめに結った老女だった。

走り出したディムラーはものすごくおごそかな感じで、僕の家の前に止まった。

「うわ、おめえんちに行くぞ」

助手席から女が降りて、本当に僕の家に入って行った。運転手は毛ばたきでピカピカのボディを拭い始めた。

僕が思わず「やべえ！」と声に出したのは、その日またしても父は紅葉の写真を撮りに出かけており、母は梅幸《ばいこう》の藤娘を見に行くのだと言っており、店には近ごろとみにボケた祖父だけが残されているからだった。

仕事の注文か通りすがりかは知らぬが、これはきっと昔の上客がわざわざ家を訪ねてきたにちがいないと僕は思った。いずれにしろスタジオの籐椅子に変わり果てた職人が寝ているのは、やばい。

僕らはおそるおそるガラスごしに中の様子を窺った。

ふしぎな光景を見た。祖父が背筋をぴんと伸ばし、まったく正気の顔で挨拶をかわしていたのである。十も若返ったようにてきぱきと茶を淹《い》れ、客に椅子を勧め、いかにも旧知の写真師とお邸の女中頭という感じで話しこんでいるのだった。

僕とトオルは顔を見合わせた。

「……おめえのじじい、ボケたふりしてたんか」

「冗談じゃねえよ。何でそんなことしなきゃならねえんだ」

「だからよ、立ちのきたくねえから、ボケたふりしてわがまま言ってるんじゃねえのか」

まさかとは思うのだが、確かにそうとしか思えぬほど祖父はシャンとしているのだった。

十五分ばかり話しこんでから、女は店を出た。出がけに祖父は、「ちよさん、待って」と女を呼び止め、ショウ・ウィンドウを裏から開けて、古いポートレートの一枚を取り出した。金色の額縁に入った祖父の「代表作」だ。

「大殿様の写真なんざあっしが持っててもしょうがねえし、店もごらんの通りだから、往来の見世物にしとくにゃ申しわけないやね」

と、祖父はカイゼル髭《ひげ》を立てた梶井伯爵の大礼服姿の写真を、ていねいに風呂敷にくるんだ。老婆は押し戴きながら呪文《じゆもん》のような挨拶をくり返し、ディムラーの助手席に乗った。

窓ごしに目が合って、ぺこりと頭を下げた。すると女は「おやおや」と意味深な笑顔を僕に向け、手の甲を口にあてて笑った。

「こちらが、お孫さん？」

訊かれた祖父は僕に気付くと、いかにもまずいところを見られたという顔をした。

「へえ、その放蕩者《ほうとうもん》で。まったく図体ばかりでかくなりやがって、身のほど知らずが」

僕はすんでのところで祖父に摑《つか》みかかろうとした。つい三日前に祖父は散歩に出かけたまま行方不明となり、赤坂見附の交番に保護されて僕が迎えに行ったばかりなのだった。もしトオルの推測が正しいとしたら、この際半殺しにしても飽き足らぬと僕は思った。

「それじゃ善さん、ごきげんよう」

ごきげんようの「よ」の音にアクセントを置いた、変な別れの言葉を残してディムラーは走り去った。

トオルの手をふりほどいて、僕は祖父に摑みかかった。と、いきなり祖父のカウンターぎみの拳が、僕の顔面に炸裂したのだ。僕はもんどりうって路上に倒れた。痛いのとびっくりしたのとで、僕はしばらくキョトンと、祖父の明らかに正気の顔を見上げていた。

「いいか、たとえお天道《てんとう》さんが西から昇ったってな、世の中がどう変わったってな——」

怒りで言いよどんで、祖父は雪駄《せった》の裏で僕の肩を蹴った。

「待て、じじい。わけがわからねえ。何で俺が殴られなきゃならねえんだよ」

「とぼけるのもたいげえにしろ。ありゃあ、ただ忘れ物を取りに来たんじゃねえ」

祖父が肌身はなさず首に巻いていた、あの孔雀の羽のいろのショールはなくなっていた。

「女なんざいくらだっているだろうが。それをよりにもよって。おまけにおひいさんの襟巻をかっぱらって俺へのみやげだと。ああ世も末だ、長生きなんざするもんじゃねえ」

まあまあ、とトオルが割って入ったとたん、祖父の顔から生気がうせ、いつもの呆けた表情に戻ったのは、いったいどうしたことだろう。

それから祖父が二度とふたたび正気に戻ることはなかった。もちろん父や母にそのことを話しても、てんで取り合ってはもらえなかった。


祖父は年が明けて松の取れた朝、スタジオの籐椅子に座ったまま死んでいた。

どうしても僕の受験写真を撮るのだといってきかず、仕方ないので家族みんなが芝居を打って、祖父の撮ったピンボケを父の撮ったものとすりかえて見せたのは、死を直前にした暮のことだった。

「俺も腕が鈍った。なんだかこの野郎の顔が女たらしに見える。これじゃうかるものもうかるめえ」

家族が珍しく顔を揃えた居間で、祖父はすりかえられた孫の写真を見ながら言った。母は笑い転げ、父は憮然とした。僕ははじめ笑い、続いて憮然とし、そして祖父の正体に再び疑念を感じて青ざめた。

ともあれその翌朝、祖父は愛用のライカを膝に置いたまま、スタジオの籐椅子で冷たくなっていた。

梶井の殿様の写真がはずされたあと、すっかり見通しのよくなった真夜中の街路を見つめながら、祖父はいったい何を考えていたのだろう。

祖父の死を待ちうけていたように、土地の売却の話が始まった。ただし父母の名誉のために言うなら、それは長年の懸案というよりも、相続のためにそうする他はなかったのだ。

祖父の予言とはうらはらに、僕はめでたく大学に合格し、それまでの遊蕩三昧《ゆうとうざんまい》など嘘のような文学青年に豹変した。

父の撮った風景写真が新聞社のコンテストの一席に選ばれた。それは皮肉なことに父の得意とする山岳写真ではなく、ひたすら無作為に撮り続けていた、変わりゆく東京の風景だった。「喪《うしな》われた街角」と題するその連作は思いがけぬ評価を得て、写真集まで出版されることになった。表紙に採用されたモノクロの一枚は、青山の絵画館を背にして銀杏《ぎんなん》を拾う、老いた祖父の姿だった。

そして祖父の強情であった分だけ土地の値は上がり、僕らは立派な家を郊外に建てることができた。

母は芝居のかわりに、柄にもないお茶やお花の手習いを始めた。家族は昆虫が脱皮をするように優雅な変身をとげた。たまたまそうなったのか、それとも誰かがそうしてくれたのか、疑わしくは思ってもみな口に出さなかった。


明子のことは――たとえ一日たりとも忘れてはいなかった。

思いあぐねて一度だけ行ったミスティで、ボーイがこんなことを言った。

「ああ、あの子なら毎晩来てましたよ。カウンターでジンライムを飲んで、退屈そうにして。そうそう、いっぺんピアニストの先生が風邪ひいて休んだとき、かわりにピアノを弾いてくれて、すごくうまいんでびっくりしましたっけ。でも――ちょっと変だよね、あの子。尻が軽いっての。誘われると誰かれかまわずついてっちゃう。しまいには、ありゃあサセ子だぞって噂になって、本人の耳に入ったのかどうだか、ぷっつり来なくなったんです。ねえ、トオルさん」

トオルは他人事《ひとごと》のように、黙って煙草をくゆらせていた。

噂の真偽などどうでも良かった。僕はそのとき、僕の故郷を浸し、僕の家を沈めた深い淵《ふち》が、とうとうすべてを呑みこんでしまったのだと思った。ミスティは僕らの脱け殻を入れたガラスの虫籠《むしかご》のように、輝きながら涯《は》てもない水底《みなそこ》に落ちて行った。

翌る年の桜の花が散るころ、トオルが死んだ。第三京浜のガードレールを飛びこし、自慢のGTRが棺桶《かんおけ》になったのだった。

僕は長いこと洋服ダンスに眠っていた、コンポラの玉虫色のスーツを着て、通夜に行った。昔の仲間はみな同じようななりで来ていた。

飯倉の小さな寺の、満開の夜桜の下で、僕は久しぶりに明子と出会った。

明子は黒いコートの下に、孔雀の羽のいろのドレスを着ていた。ポニーテールを束ねるリボンだけを、しめやかな黒に替えていた。

トオルが用意してくれた悲しみと歓びにとまどいながら、僕らは並んで焼香をし、それからどちらが誘うともなく霞町に行った。

ミスティの前には下品なシャコタンのムスタングや、ステッカーをベタベタと貼ったカマロが止まっていた。僕らは行き場を失い、そうかと言ってその先の誘いを口にすることもできず、霞町の街路を見はるかす墓地下《ぼちした》のカーブに車を止めた。

霧は帳《とばり》になり、花は鎖につらなって、静まり返ったペーブメントを流れていた。

僕らは車を降り、ボンネットに腰を預けて、何だかそうしているだけで少しずつ遠ざかって行くように見える霞町の街を眺めた。ぼんやりとした街灯の光の輪の中で、僕らは二人きりになった。

何百人もいた仲間たちが一人ずつはぐれて行って、僕らだけがそこに取り残されたような気分だった。

「ずっと待ってたのに」

と、明子は言った。僕は答えるかわりに明子の肩を抱き起こすと、僕のロータリークーぺに心ならずも掲げられた相模《さがみ》ナンバーのプレートを蹴った。

「こんな看板しょって、出てこられるわけねえだろ」

あながち弁解ではなかった。僕は郊外での優雅な生活とひきかえに、愛する故郷と、東京っ子の矜持《きょうじ》とを捨てたのだから。

「うちもね、もうじき引越すの」

「お邸がなくなるってか」

「どんどんちっちゃくなって、いつまでも梶井坂の梶井さんじゃ、表札出すのも恥ずかしいから」

僕はふと、梶井《かじい》明子《はるこ》という高貴な伯爵令嬢の名を心の中でなぞった。

その名前は、霧の夜にたゆとう一輪の百合のような明子のたたずまいに、いかにもふさわしかった。

「それで、恥をかきすてたってわけかよ」

僕の辛辣《しんらつ》な言葉に、明子はたちまち羽の萎《な》えた孔雀のようにうつむいた。

僕は桜の枝を見上げて言った。

「ああ、やだやだ。ヤサはなくなるわ、ダチにゃ死なれるわ、おまけにクサレ縁に出くわしてドライブだとよォ」

そのとたん、明子は肩から羽織っていたコートを夜空に放り上げ、僕をボンネットの上に押し倒した。

「ねえ、キスしてよ」

僕はかつてどれほど愛した女にもしたことのないような、そしてたぶん、この世ではもう僕にしかできない垢抜けた接吻を、彼女に返した。

霧はいよいよ深く、明子の髪を隈取《くまど》る街灯をぼんぼりのように滲《にじ》ませていた。

まったく唐突に、祖父の訓《おし》えをひとつ思い出した。その口ぶりを借りれば、「男てえのは別れのセリフだけァ、惚れたとたんから決めてなきゃならねえ」のだそうだ。

そんなものは用意していなかった。僕は祖父ほど器用ではなかった。

ただ、梶井坂まで送るよりも、霞町のここに明子を置いて行こうと思った。

僕は明子を突き放すとまるで口直しでもするように煙草をくわえ、足元に落ちたコートを肩にかけてやった。それから、すっかり霧に濡れたリーゼントに櫛を当てた。

「じゃあな」

「ごきげんよう」

僕はくわえ煙草のまま言い、明子は白い手を上げた。

勝手に死んじまったオーティス・レディングを、めいっぱいのボリュームで聴きながら、僕はタイヤを軋《きし》ませて走り出した。

墓地下のカーブを曲りきるまで、明子は街灯の光の輪の中に立っていた。

その小さな肖像をバックミラーの額縁の中でちらりと見たとき、悲しみを被《おお》いつくすほどの荘厳さを僕が感じたのはなぜだろう。孔雀の羽のいろのドレスを着たポニーテールの少女は、それぐらい霞町の霧に似合っていた。

夕暮れ隧道《ずいどう》

青春の記憶は古い映画のスチールに似ている。

世間の汚濁にまみれてからの名場面は惜しげもなく屑籠《くずかご》に捨ててしまうのに、十八歳の夏の出来事は誰もが立派な額縁に入れて、後生大事にしまっている。

しかし、記憶はスチール写真のように不変ではない。人間が汚れた分だけ都合よく脚色され、改竄《かいざん》され、時には有りうべくもない物語に生まれ変わっていたりする。だから僕が心のひきだしにずっと隠し持っているこのふしぎな体験も、はたして現実に起こったものであるのかどうか——。

ひどく暑い夏だった気がするのは、学期末の試験が終わったとたんに夏休み返上で始まった補習授業の、うんざりとした雰囲気のせいだったろう。

階段教室の勾配に沿って開く窓には、風を阻むほどにマロニエの葉が生い茂っており、その深い枝の中で、僕らの不自由な青春を嗤《わら》うように油蟬《あぶらぜみ》が鳴いていた。

僕らはみな、半年後に迫った入試の重みに身も心も圧迫され、暑さに当たった猫のように無気力だった。休み時間を告げるベルが鳴ると、授業が続いていようがいまいが、突然誰かしらがカセットデッキのスイッチを入れ、華やかなリズム・アンド・ブルースを轟《とどろ》かせた。

オーティス・レディングが突然の飛行機事故で死んだあと、ジミ・ヘンドリックスが、ジャニス・ジョプリンが、ドアーズのジム・モリソンがたて続けに死んだ。

夭折《ようせつ》した天才たちの歌声は油蟬の喧《かまびす》しい鳴声と同様に、あくせくと生き延びようとする僕らの胸に応えた。

めざす大学はどこも多かれ少なかれ、学生運動の真最中だった。それはすでに高校生の間にも波及していたが、指折りの進学校であった僕らの仲間には、ヘルメットを冠るほど余裕のあるやつは少なかった。むしろその年に中止となった東大の入試が、果たして来年は行われるかどうか、行われるとしたら受験者数は二倍になるのか、ということが、もっぱら教室の関心事だった。

もっとも夜な夜な自慢の車を駆って青山のディスコにくり出す、僕ら一部の慮外者にとって、それはどうでもいいことだったが。

「被葬者の棺を置く部屋を玄室と言い、入口からそこに続く道を――これ、隧道《ずいどう》、と言います。こうした墓場の基本的な構造は、何も古代エジプトに限られたことではなく――」

若い世界史の教員は、まるで研究発表でもするように、ピラミッドの構造をとくとくと説明した。理科と社会科の選択科目が補習の重点で、しかも連続百分の授業となれば、物理でも生物でも日本史でも世界史でも、およそ受験とは関係のない内容になる。たぶん東大コンプレックスでもあるのだろうなどと邪推しながら、僕らは若い教師たちの勝手な講義に、仕方なく付き合っていた。

「おまえ、クソまじめにノートなんかとってどうすんだ、え？　こんなもの東大の試験に出るとでも思ってんか？」

耳元で囁《ささや》いて、ついでにハアと息を吹きかけると、真知子は身をよじって僕を睨み返した。高校には珍しい階段教室は、無駄話に適さない。暇つぶしと言えば長椅子に沈みこんで寝てしまうか、ちょうどころあいの高さにある前の席の、真知子の耳をからかうことぐらいだった。

有吉真知子はいわゆる学年のマドンナで、美人であるうえに成績も優秀だった。こういうタイプは意外に男縁がない。改まって立候補するほどの男がいないせいなのだろうが、僕のようなクラスの慮外者がからかうには、まったくもってこいの対象だった。

たとえば制服のブラウスの背に透けて見えるブラジャーのホックを、コンパスの針の先ではずす。僕の手先が器用なのと、真知子が授業に集中しているのとで、なかなか気付かれることがない。後ろの席の男どもは、まるで不発弾の信管をはずすようなこの作業を、息をつめて見守っている。しかし二つあるホックのうちのひとつがはずれると、緊迫したギャラリーたちの間からおおっと喚声があがってしまい、僕はたちまち振り向きざまに辞書の角でぶん殴られた。

いちどだけ、男どものどよめきを掣肘《せいちゅう》しながら、快挙を成しとげたことがあった。そのとき真知子はびくりと首をもたげただけで、振り返ろうとはしなかった。良くはわからないが、こういうときへたに動くと、取り返しようのない形になってしまうのかもしれなかった。しばらくの沈黙の間に、僕は何だかものすごく反省した。汗ばんだブラウスの中で、ブラジャーの紐《ひも》はきっぱりと左右に別れてしまっていた。

やがて真知子は、辞書の角でぶん殴るかわりに、色白の気高い横顔をゆっくりと振り向けた。

「……はめてよ。元通りにしてよ」

うろたえる僕を尻目に、真知子はブラウスの背中をたくし上げた。思いがけぬ女の匂いが鼻をついた。

「責任とってよ。ちゃんとしてよ」

真知子の白い背中は後ろの席の男どもに晒《さら》されていた。僕はおずおずと手を伸ばし、指先が決して肌に触れぬように、ブラジャーのホックを留めた。

「ありがとう」

僕はそのとき、来年の受験者が二倍になろうが三倍になろうが、こいつはきっと現役で文科一類に合格して、いずれは日本で初めての女の総理大臣になるんじゃないかと思った。

うっとうしい油蟬の鳴声と「ドック・オブ・ザ・ベイ」と、真知子の匂いと――もうひとつ忘れ難い友人がいる。

鴇田《ときた》君は二学年を落第してきた、二十歳《はたち》の高校三年生だった。苗字《みょうじ》だけで、名前は思い出せない。もし冗談のへたな担任の教師が、「絶滅間近な天然記念物の鴇だな」などという、まったく笑えぬ紹介をしなければ、たぶんその苗字も忘れていたことだろう。

僕らが彼を「鴇田君」と改まった呼び方をしていたのは、彼がまったく合法的に、酒を飲んでも煙草を喫っても良い年齢だったからだ。一年生を二回、二年生を二回くり返してようやく三年に進級しても、鴇田君の一学期の成績は赤点だらけだった。きっと三年生も二回経験するのだろうというあからさまな噂などどこ吹く風で、鴇田君はいつもその茫洋《ぼうよう》とした長い顔を、階段教室の一番後ろの列に並べていた。

当時の東京の高校生の中で、車を運転してディスコに通う僕らはあながち不良というわけではなかった。鴇田君もそんな僕らの仲間に加わってはいたが、何となく浮き上がる感じで、精彩を欠いていた。

年齢が二歳ちがえば当然身なりもちがう。リズム・アンド・ブルース世代の僕らは、小粋なコンテンポラリィのスーツに細身のタイを締め、髪はポマードで固めたリーゼントと決まっていたが、鴫田君のなりはまるで前世代のみゆき族そのものだった。つまり——トラッドな三ツボタンのスーツにレジメンタル・ストライプのタイを締め、髪は庇《ひさし》だけを残してこざっぱりと刈り上げ、おまけに靴はリーガルのローファー、というわけだ。

ただし、苦労の分だけ人柄は丸く、もちろん僕らの知らないことをいろいろと知っていた。とりわけ高校の五年生ともなれば顔がやたらと広いので、もめごとの仲裁は上手だった。

昼も夜も、鴫田君はいつもぼんやりと、僕らの後ろにいた。

補習授業は八月の十日まで続いた。内容からして誰にとっても無意味な日々だったが、僕には収穫があった。有吉真知子と付き合い始めたのだ。もちろん相手が相手だから、夜のディスコでのご乱行とはたいそう異質の、いわゆる「清い交際」というやつである。

僕の家は麻布の古い写真館で、真知子は途中の坂道を辛抱すれば自転車で行ける距離の、裁判官の官舎に住んでいた。初めて家に遊びに行ったとき、娘と同じ顔をした母親にひどく気に入られた。僕の顔は一見誠実そうだったし、見ようによっては聡明そうでもあったはずだから、ひとり娘が初めて紹介したボーイ・フレンドとしては合格だったのだろう。調子に乗って夕飯をごちそうになっているところにひょっこり判事が帰ってきて、僕をひとめ見たとたんまるで誘拐犯人を見るような疑り深い目をしたが、これもお得意の如才のなさでたちまち籠絡《ろうらく》した。食事の後、ベランダで将棋のお相手をし、三番ともころあいの負け方をした結果、判事は僕らの交際に暗黙の了承をしたのだった。

「清い交際」というものを知らぬ僕にとって、真知子はまったく手のかかる、難しい女だった。放課後の神宮外苑の散策や日曜日のロードショーは、真知子にしてみれば思い切った冒険のうちだったのだろうが、僕には退屈な学校の続きと同じだった。補習も後半の八月に入ると、仲間たちはみな僕を残して海に行ってしまい、階段教室の上段の席はすっかり風通しが良くなった。

教師たちの勝手な研究発表まで克明にノートをとる真知子の後ろで、僕の心はとっくに湘《しょう》南《なん》の海に飛んでいた。

最後の補習授業が終わったとたん、真知子はいかにもお待たせしました、という感じで僕の誘いを受けた。僕が女の都合で待たされたのは、後にも先にもその一度きりだ。

夜のうちに真知子の母親から僕の母あてに電話があって、かくかくしかじか門限は夜七時ということでお願いいたします、お弁当は娘に持たせます、小田急で行きますか国鉄で行きますか、などと訊かれたそうだ。

たまたまその日芝居を観に行ったせいか母の機嫌は良く、適当に調子を合わせて受話器を置いたとたん、倅《せがれ》の頭を張り倒してゲラゲラと笑った。しかし自称写真家の神経質な父は、学校の名簿を手に持って夜おそく僕の部屋を訪れ、この子は成績が一番だそうじゃねえか、おまけに裁判官の娘なんだそうじゃねえかと、説教をたれた。大変心外なことではあるが、要するに父は、放蕩息子には分不相応な相手だと考えたのだ。

写真を見せろと言うので、春にクラス全員で撮ったものを見せると、ひゃあベッピンだと感嘆し、今度ポートレートを撮ってやるからうちに連れてこいと言った。

翌《あく》る朝早く、父母は心配するというよりむしろ健闘を祈る感じで、僕の車を見送った。

そのころは横須賀道路がまだなかったので、車で湘南に行くには横浜新道を通って北鎌倉に抜けるか、藤沢に出るかしかなかった。

僕にはお定まりのコースがあった。藤沢から湘南道路に入り、江の島を背にして走る。芋を洗うような片瀬や由比ケ浜には見向きもせず、伊勢山のトンネルを抜ければ別世界のような逗子《ずし》の海が豁《ひら》けた。さらに森戸、一色《いっしき》を通り過ぎ、葉山御用邸の先の長者ケ崎の海岸が仲間たちの根城だった。そこで連れの女を見せびらかしながら一日を過ごし、帰りには大崎の付け根の通称「恋人岬」で、夕日を眺めながら手品のように唇を奪う。あとは波間に漂うクラゲのようになった女と江の島あたりのラブホテルにしけこむか、少しふところの温いときは茅《ち》ケ崎《さき》のパシフィックホテルに連れこんだ。

まさか真知子をこのコースに乗せるつもりはなかった。で、清い交際にふさわしい北鎌倉から若宮大路のルートを選び、由比ケ浜を折れて逗子海岸に出た。もちろん長者ケ崎の根城にも行かなかった。慮外者のクラスメートが真知子を見たら腰を抜かすだろうし、他校の仲間はフリルのついたブラウスと麦藁帽子《むぎわらぼうし》を笑うにちがいなかった。おまけにその日の真知子が提げた籐《とう》のバスケットには、手作りの弁当が入っていた。

僕と真知子はずっと南の秋谷海岸で一日を過ごした。そこはいかにも清い交際にふさわしい浜辺で、サンオイルを背中に塗りっこする以上の行為をすれば、たちまち監視員に叱《しか》られそうな気がした。

真知子はオレンジ色の水着が良く似合った。ビーチパラソルの下に並んで寝転んでいるだけで、僕の裸の胸は砂を搏《う》った。まんなかにしっかりと籐のバスケットを置き、僕が五十センチの距離を少しでも詰めようとすれば、真知子はさっと身を起こして沖を眺めるのだった。

空には一点の翳《かげ》りすらなかった。真夏の太陽が正中《せいちゅう》をめぐって過ぎる間、僕はずっと、どうしたら真知子の唇を奪えるか、どうしたらその無垢《むく》の体を抱くことができるのか、そればかりを考え続けていた。

陽に灼《や》かれながら、僕は柄に似合わぬ恋をした。たぶんその原因は、僕と真知子の間を隔てる、五十センチの永遠のせいだったろう。

「ねえ。この辺に幽霊の出るトンネルがあるって、知ってる?」

真知子がふいにそんなことを訊いたのは、浜辺に人影の減り始めた時刻だ。

「トンネルの真上に火葬場があってね、それでときどき車の脇を、おばあさんの生首が飛ぶんだって」

知っているも何も、その話は僕の十八番《おはこ》だった。一日の終わりに黄昏《たそがれ》の恋人岬まで行っても女が隙を見せぬ場合、逗子湾を逆行して旧道に入る。みちみちその話をしながら、件《くだん》の名越《ごえ》トンネルの入口で車を止め、「ここだよ」と怖ろしげな声で言う。するとたいていの女はかじりついてくるか腕を摑《つか》んでくるかするので、間髪を入れず唇を奪ってクラゲにする、という寸法だ。

「知ってるよ。名越のトンネルだろう。帰りに通ってくか」

「名越? ――そうじゃなくって、小坪《こつぼ》トンネル。週刊誌に書いてあったんだけど」

建設中の逗子マリーナの入口に、小坪という小さな漁港がある。新道の高架橋が真上をまたいでしまったので、地元の人間でなければその港の存在さえ知るまい。ただしそこは名越トンネルの出口から谷道でつながっている。きっと現場など見たこともない週刊誌の記者がいいかげんなまた聞きで、「名越トンネル」を「小坪トンネル」と伝えたのだろう。

だが、そんなことはどうでもいい。恋人岬の夕日はたぶん時間の無駄だろうから、てっとり早く名越トンネルに行こう。

「そんじゃ、そっち通って帰ろうぜ」

僕の誘いに、真知子は何の疑いもなく立ち上がって、まばゆいオレンジ色の水着の砂を払った。

「実はな、有吉。俺、いっぺん見たことあるんだ」

「うそ……ほんとに？」

パラソルを畳みながら、僕はわざと暗い顔をした。話はすでに始まっているのである。

「トンネルの中で、急に車がエンストしちまってさあ。したっけ、あわててキーを回してたら、フロントにババアの生首が――」

怯《おび》えるかと思いきや、真知子は蔑《さげす》むような目で僕を睨んだ。

「やっぱ、やめっか……」

「ううん。行ってみようよ」

僕はそのときふと、真知子は内心僕に抱かれたがっているのではないか、と思った。

名越トンネルに向かう道すがら、僕は時間を計算した。午後三時。江の島のホテルで二時間の休憩をしても門限には何とか間に合う。思いを遂げたうえ、判事の信用も失わずにすむ。ちょっとイレギュラーではあるが、恋人岬を経由する正攻法をとれば万が一うまく行ってもその続きはおあずけだ。やっぱりこの手しかないのだと思うと、闘志が燃えた。

いちどトンネルの中で急停止してバイクに追突されたことがある。今日は万全を期して入口で止めよう。クラッチを操作してエンストを装い、「ここだよォ」と、なるたけおどろおどろしい声で言おう。たぶん抱きついてはこないだろうが、腕ぐらいは摑んでくるだろうから、そこで間髪を入れずに唇を盗む。いいだろ。ここじゃいやよ。ごめん、一生の思い出だもんな。いい思い出にしてね。まかせとけ、俺だって……一生の思い出さ。

心の中でコノヤローと快哉《かいさい》を叫びながら、やがて僕の目の前に幽霊なんて絶対に出るはずのない名越トンネルの入口が迫ってきた。

しかし——僕の完全な計画には誤算があった。真知子は六本木のディスコにいる女どもとは、そもそも出来がちがっていたのだ。来年の春にはほとんど何の支障もなく東大の文科一類に進学する予定であり、しかもまずいことには、年甲斐《としがい》もなく判事が運転免許を取得したばかりであることを、僕は知らなかった。

トンネルの手前でひそかにクラッチをつないだとたん、

「あら、エンストよ。へたくそ」

と、真知子は言った。とっさにおどろかす言葉を呑みこんでしまった僕は、路肩に車を止めるやいなや、真知子に躍りかかった。

「いいだろ」

強烈なビンタが僕の頰に炸裂した。

「いやよ！　何するのよ！」

「いいじゃねえかよォ」

言葉が親譲りの方言になってしまえば、まさか一生の思い出だもんな、とはつながらなかった。

「なあ、有吉。いいだろ、なあ、いいじゃねえかよ」

「いやっ、絶対にいやっ。車出してよ、早く」

僕の気力は萎《な》えた。計画が挫折したばかりか、僕らの「清い交際」までご破算になった。こんな理不尽はないと僕は思った。

「ごめん……じゃ、お茶でも飲もうか。時間もはんぱだし」

もはや修復不可能になった関係を何とか回復しようと、僕はできる限りの誠意をこめてそう言った。

持ち前の知性ですぐに冷静さを取り戻したのか、真知子の答えは意外だった。

「ごめんね。びっくりしちゃったの――ねえ、夕日を見ようよ。きれいな所へ連れてって」

僕はほっと胸を撫でおろした。とりあえず状況は振り出しに戻る。

名越トンネルをもちろん何事もなく通り抜け、小坪漁港に下る谷道で乱暴な方向転換をすると、僕のロータリークーペは一目散に恋人岬へと向かった。

逗子湾を柿色に染めて沈む夕日の美しさを、僕は一生忘れない。

恋人たちの踏み分けた巌《いわお》の崖道を下りると、静かな磯場があった。満ち潮がひたひたと岩を洗うほど海は凪《な》いでいた。

危うい崖道でつないだ手を、僕らはずっと離さずにいた。平らな岩に腰を下ろして夕日を眺めながら、自動販売機で買ってきた一本のコーラを二人で飲んだ。

海岸通りの喧噪《けんそう》は波音に消されているのに、恋人たちの車から洩れ出てくるビートルズのバラードだけは耳に届いた。僕らは黙りこくったまま、昏《く》れなずむ海を見つめていた。

大崎の突端に夕日が沈むと、逗子湾の柿色は衰え、かわりに山の端《は》から深い群青《ぐんじょう》が下りてきた。海岸通りに銀色の街灯が並んだ。遠い目でそれをたどって行くと、葉山のマリーナに繋留された ヨットの帆柱にも、まるで思い出をひとつひとつ甦《よみがえ》らせるように、ポールライトが灯《とも》った。

沖合に集っていた漁船が左右に分かれ、北の小坪と南の鐙摺《あぶずり》に帰って行った。

いつの間にか僕の肩に頬をあずけ、短い髪を指先でくしけずりながら真知子は言った。

「キスしても、いいよ」

僕たちは眠るような長い接吻をした。時の過ぎるのも忘れ、黙って海を見、また唇を重ね合って、僕らは次第に時間も場所もわからない未知の世界に引きこまれて行った——。

「どうしよう、門限……」

真知子が月あかりにかざした腕時計は、もう取り返しのつかない時刻をさしていた。

海の上に昇った真赤な満月を見ながら、僕は考えた。すぐに電話を入れ、道路が混んでいると言い訳をすれば、一時間の遅刻は大目に見てくれるだろう。だが一方では、このままホテルに泊まってあとはどうとでもなれ、という気にもなった。

「どっちでもいいけど」

と、真知子は僕の迷いを見すかすように、彼女らしからぬ言い方をした。僕たちにはすべての準備が整っていた。

「やっぱ、電話しようぜ。やべえよ」

僕がそう決断したのは、真知子の家庭を怖れたからではない。僕の家は、遊ぶことについてとやかく文句は言わないが、遊び方についてはやかましかった。遊ぶなと言っても所詮《しよせん》は無理な東京の教育流儀とは、つまりそういうものだった。僕の家には、僕と真知子がセックスをしてはならないという決まりはない。だが、門限までに真知子を家に帰すということは、ゆるがせにできぬルールだった。

「叱られるよ、きっと」

「ちゃんとあやまるさ。手ェついて」

「車で来たこともバレちゃうよ」

「嘘ついたわけじゃねえもの。おまえんちが、勝手に電車で行くって決めてたんじゃねえか」

僕らは立ち上がってもういちど未練がましく海を眺め、同時に深い溜息をついた。機会はまたあるかもしれない。しかしこの日この瞬間は二度と再びめぐってはこない。僕らは等しくそう考え、絶望したのだった。

戻りかけた崖道の上から、二つの人影が下りてきた。岬の街灯を背にしているせいで顔は見えないが、向こうからは僕らが良く見えるはずだった。

人影は立ち止まり、ふいにはっきりした声で「なんだあ、伊能《いのう》じゃねえの」と、僕の名を呼んだ。

「ありゃあ。有吉が一緒かあ、どうなってんだあ、おめえら」

「誰だよ」と、僕は手びさしを掲げて崖道を仰いだ。男のぼんやりとした影は、痩《や》せた女の手を引いていた。慎重に崖道を下りながら、彼はさらに言った。

「品川ナンバーの白いクーペが止まってっからよ、もしやと思ったんだ」

「鴇田君？」

真知子が先に勘を働かせた。

「やだあ、どうしよう」

仲間たちのたむろする長者ケ崎の帰りなのだろう。途中、恋人岬の駐車場で僕の車を発見したのだとすれば、少しも偶然ではなかった。

「何がいやなんだよォ、有吉。親に内緒か？」

「そうじゃないけど——黙っててよ、お願い。誰にも言わないで」

鴇田君はその茫洋とした、二つどころか五つ六つも僕らより老《ふ》けて見える長い顔を月あかりの中に現わした。

「わかってるって。俺たちだって長者ケ崎に行くのは気が引けっから、一色《いっしき》にいたんだ。ほら、知ってんだろ」

と、鴇田君はばつ悪そうに背中に隠れていた連れの女を引き出した。

「あれ、涼子《りょうこ》先輩。へえ、そうなんですかァ」

僕はちょっと愕《おどろ》いた。女は一学年上の鈴木涼子だった。鈴木という苗字は学年に　ダースもいたから、みんながそう呼んでいた。

涼子先輩はいわば真知子の先代とでもいうべき全校のマドンナだった。成績はトップクラスで生徒会の副会長、東大の入試が中止になって慶応の医学部に行った才媛《さいえん》だ。二十歳《はたち》の高校生である鴇田君と涼子先輩が付き合っているなどと、実際に目で確かめなければ誰も信じはすまい。いや、目の前にしてもにわかには信じられなかった。

「俺も黙ってっから、おめえらも言うなよな——煙草《タンベ》、持ってっか？」

何だか鴇田君が急に偉い人に見えて、僕は先輩にそうするように、あわてて煙草を取り出した。

「何ぼんやりしてんだよォ、マッチ《てつかり》」

マッチの火を潮風からかばいながら差し向けると、鴇田君はひんやりと汗ばんだ掌で僕の掌を握り、実にうまそうにほうっと煙を吐いた。

「ここなら文句ねえだろ、涼子。貰いタバコだしよ。ああ、うんめえ」

鴇田君がいかにも自分の女、という感じで涼子先輩を呼び捨てにしただけで、僕の胸はどきどきと鳴った。

「いやな、聞いてくれ。なにせこいつ医者の娘だからよ、タバコを目の敵《かたき》にしやがるんだ。そいで今さっきも、車の中で一服つけようとしたら、横っちょから叩き落とすんだ。火のついたまんまケツの下に敷いちまってよ。危ねえったらありゃしねえ」

鴇田君は煙草の先を、逗子湾の彼方《かなた》に向けた。

「あそこの、渚橋の交叉点だぜ。あっちっち、って飛び上がったとたんにダンプカーが突っこんできてよォ。あやうくお陀仏《だぶつ》になるところだった。このやろ」

と、鴇田君は振り向きざまに、涼子先輩の頭をコツンと殴った。

照れ笑いをしながら顔を上げた涼子先輩と目が合って、僕は思わず「オッス」と頭を下げた。

「黙っててよね。私はもう卒業したからかまわないけど、鴇田君、かわいそうだから」

「オッス。わかってます。でも意外だなあ。信じられねえなあ」

大学生になった涼子先輩の美貌には、いっそう磨きがかかっていた。髪も伸ばして、栗色に染めている。細い体をつつむサンドレスは、唇と同じ赤だった。

「信じられないのは、おたがいさま」

派手なアロハシャツにマンボズボンをはいた鴇田君と涼子先輩のように、僕らも傍目《はため》には不釣合に見えるのだろうか。なにげなく真知子と涼子先輩を見較べて、僕は可笑《おか》しくなった。二人は同じ型のバスケットを提げている。

僕は笑いをこらえながら鴇田君の肩を抱き、波打際に誘った。

「なんだ、そっちも弁当持ちかよ。一色で弁当開いて――だっせえなァ」

鴇田君はちらりと真知子を振り返った。

「ははあ。てことは、おめえもまだやってねえんか」

涼子先輩と真知子は僕らから離れて、何となく気まずそうに岩に腰を下ろしていた。

「鴇田君も、まだなんかよ」

一瞬答えを選ぶようにして、鴇田君は猥褻《わいせつ》な感じのする唇を歪《ゆが》めた。

「へっへっ。これからだよォ。ほんとはおめえの車みっけたんじゃねえんだ。ここでちょいとムードを高めてから江の島のホテルにと思ってたら、おめえらがいた」

だとすると、これは偶然であろうか。いや、やっぱり必然だと僕は思い直した。

「どうせおめえらもこれから行くんだろ。だったら車並べてこうぜ」

「いやだよ。何でそっちと一緒にホテルに入んなきゃならねえの。こっぱずかしい」

「だって、考えてもみろ。まだおたがい成功したわけじゃねえんだ。ホテルの玄関でグズグズ言われたらどうすんだよ。あいつ、バージンだろ。バージンだって二人そろや、勢いってこともある。な、ここは全員の平和のために」

鴇田君の提案は一理ある。たしかに勢いということは大切だ。だが僕はそのとき、鴇田君のもうひとつの目論見《もくろみ》に気付いた。

「つまり、それで俺たちの口封じをしようってことか。お互いさまってことで」

魂胆を見抜かれて、鴇田君は苦笑した。

「それだってまあ、平和のためじゃねえか。なあ、そうしようぜ。ようやくここまで持ちこんだ俺の努力も考えてくれよ」

それはわかる。痛いほどわかる。しかも身のほど知らずという点については、僕より鴇田君の方が何枚もうわてだ。

「大変だったんだぜえ。おやじは医者だぞ」

「あいつのおやじだって裁判官だ」

「おめえはまだいいよ、みてくれがまともだから。学生服さえ着てりゃふつうに見えるもんな。まさか夜な夜なパルスピードやムゲンに通ってやりてえ放題だなんて、誰も思わねえもんな。でも、俺なんか二ダブだぜ。親もとっくにあきらめて、涼子のおふくろから電話があったっておあいそのひとつも言いやしねえ。俺ァそういう苛酷な条件の中で、やっとここまで持ちこんだんだ」

話しながら、鴇田君は次第に真剣になり、とうとう切実な感じで懇願した。

「たのむっ。一生のお願いだ。俺の夢を叶えてくれ。俺ァ、四年ごしであいつに惚れてんだ。涼子とやるまでは、死んだって死にきれねえ」

鴇田君がこんなに饒舌《じょうぜつ》で、しかも情熱家だとは知らなかった。教室の後ろでいつも昼あんどんのようにぼうっと座り、僕らの仲間のあとを、いつもおまけのようについてくる鴇田君とはまるで別人だった。

「事情はわかったよ。でも、帰んなきゃまずいんだ。裁判官に門限を切られてる」

「ばっかくせえ」と、鴇田君は足元の潮溜りに唾《つば》を吐いた。

「そんなら俺だって同じだぜ。後のことなんて考えてる場合か。いいか、涼子のまわりにゃ医者のおやじが理由もなく信用する医学部の学生がうじゃうじゃいるんだぜ。それも慶応ボーイだ。おやじにとっちゃ後輩だ。俺の立場をわかってくれ、な、伊能。伊能君よ」

僕は鴇田君の情熱に押し切られた。考えてみれば他人事《ひとごと》ではない。来年の春になれば真知子の周囲には、判事が理由もなく信用する後輩どもがうじゃうじゃといるのである。

「な、肚《はら》くくれ、伊能。俺の願いを叶えてくれ」

握手を交わすと、気持ちが楽になった。満月に照らされた岩の上では、女たちがすっかり打ちとけた様子だ。

このまま一気に江の島まで突っ走るには性急すぎる。涼子先輩を波音と月光に染める時間も必要だろう。

僕と鴇田君はしばらくの間、磯場にしゃがみこんで煙草を喫った。

「なあ鴇田君よ。幽霊の出る小坪のトンネルって、名越トンネルのことだよな」

僕は後学のために訊ねた。

「なんだあ？　いきなりこええこと訊くなよ。ははあ、さてはおめえも、名越のトンネルでエンストする口か。古い古い」

実は、と僕は名越トンネルでビンタをくらったことと、それでもひるまずにここに連れてきた経緯を、少々の脚色を施して話した。

鴇田君は笑い転げ、それからふいに真顔になって言った。

「名越トンネルなんて、ちっともおっかなくねえだろ。逗子駅からの車もブンブンくるしよ。あそこでキャーッていう女は、わざとやってんだ。俺に言わせりゃ一種のセレモニーだな。キャーッ、抱いてよーって言ってんだ、本当は」

なるほどそうかもしれない。だとすると僕の手口に乗って怖がるような女は、はなからホテルに誘ってもついてきたということになる。何人かの女の顔を思い泛《う》かべて、僕はあほらしくなった。

「ひとついいこと教えといてやる。たしかに名越トンネルの上は火葬場だけど、幽霊が出る小坪トンネルは別にある」

「えっ、ほんとかよ。どこさ」

「道が複雑だから、説明すんのは難しいな。小坪トンネルって言ったって、新道にあるのとはちがうぜ。小坪の港から山ん中に入って行って、だあれも通らねえようなところに、古いトンネルがあるんさ。こええぞお。あそこは本当に出る。生首が飛ぶどころじゃねえ、溺れたやつも、事故ったやつもみんな来る。明日の朝、連れてってやろうか」

「いいよ。あしたじゃもう用はねえ。そのうち教えといてくれよ。何かの役に立つかも知れねえし」

「オーケー。今度来たとき教えてやるよ」

鴇田君は僕の肩を叩いて立ち上がった。

僕のロータリークーペは、鴇田君のSSS《スリーエス》の後をぴったりとついて走った。

明日という日のことを、僕たちはもう考えなかった。そっくり同じ立場のカップルがいるというだけで、罪の半分は免れるような気がした。

車の中で、真知子はふいに言った。

「涼子先輩、これから鴇田君にあげるんだってさ」

「へえ」と言ったなり、僕はつなぐ言葉を失った。何だか励まされているようにも、催促されているようにも聞こえたからだ。

「ほんとはね、涼子先輩、初めからそのつもりで来たんだって。でも鴇田君けっこう奥手《おくて》でなかなか誘ってくれないって、いらいらしてた」

眠らぬ由比ケ浜の光が、真知子の白い頰を過ぎて行った。

「そっくりね、今日の私たち」

僕はいよいよ何も言えなくなった。

「ホテルの窓から夕日を見ればよかったのに。そうすれば後の面倒は何もなかったのにって、涼子先輩が言ってた」

籐のバスケットのささくれた角をむしりながら、真知子は小さな声で「ばか」と言った。

稲村ケ崎を過ぎ、江の島の灯台が間近に見えるあたりで、鴇田君の車が右のウインカーをつけた。ブルーバードのSSSのそれは、三つのランプがネオンサインのように点滅する仕組だった。

後に続いて妖《あや》しい光の灯る駐車場に滑りこむ。狭いスペースに何とか車を押しこんで、僕らは鴇田君を探した。

「あれえ、どこ行っちゃったんだ、あいつら」

ＳＳＳは腰越《こしごえ》の龍口寺《りゅうこうじ》につながるホテルの裏口に止まっていた。ウインカーは点滅したままだ。

運転席から首だけ突き出して、鴇田君は笑った。

「じゃあな、がんばれよ、伊能」

涼子先輩も助手席から手を振った。

「がんばってね、有吉さん」

妖しい光の中に僕らを置き去りにしたまま、ＳＳＳは轍《わだち》を軋《きし》ませて行ってしまった。

「……なんだよ、あいつら」

「キューピッド、ってことね」

真知子は僕の腕を摑むと、駐車場の闇の涯《は》てに向かって歩き出した。

その夜、僕と真知子はすべてを忘れて愛し合った。

当たり前のことだが、僕と真知子が渚のホテルで抱き合っていたころ、麻布界隈《かいわい》ではいつに変わらぬ日常が過ぎていた。判事が一時間おきに電話を入れて、捜索願を出すというのを、まあまあとごまかし続けた僕の父は、慣れたこととはいえ大したものだ。

午《ひる》近くに真知子を裁判官官舎の近くまで送って家に帰ると、半分ボケた祖父はスタジオの籐椅子にもたれたまま、ニタリと笑った。母はげんなりとして何も言わず、父は三脚で僕の頭を殴った。

家族の間には何となく、掟《おきて》破りの怒りよりも、でかしたという空気が流れていた。夜になっていきなり判事が訪ねてきたのには愕いたが、真知子とのかねての打ち合わせ通り、終電に乗り遅れたので江の島のスナックで夜を明かした、と言い張った。

父はまあまあと宥《なだ》めすかしながら判事に酌《しゃく》をし、祖父も母も一緒に飲んだ。会話がとぎれたとき、母が判事の仏頂面に向けてこらえかねたように酒を噴いた。「何がおかしいのですか」と気色ばむ判事はたちまち差し出された四本のビール瓶でごまかされた。

僕の家族は、不肖の倅が夜の明けるまでお行儀よくしていたなどとは夢にも思っていない。それでも酒の進むにつれ、判事の仏頂面は和らいで行った。

完勝を信じた僕は、すっかり足元の怪しくなった判事を車に乗せて、官舎まで送った。玄関まで送ると言ったのだけれど、判事はずっと手前の坂道の登り口で車から降りた。

謹厳な感じのする鷲鼻《わしばな》をうごめかして車内を見渡し、力まかせにドアを閉めると、判事は打って変わった足どりで坂道を登って行った。

「伊能君。もううちの娘とは付き合わんでくれ給えよ」

坂道の途中で振り返って、判決を言い渡すように、そう言った。

べつに判決を尊重したわけではないが、僕は残った僅《わず》かな夏休みを、自分でも信じられぬほど真面目《まじめ》に、勤勉に過ごした。

いくらかでも真知子の恋人にふさわしい男になろうと誓ったのだ。真知子にとって初めての男になったという自覚と矜《ほこ》りが、僕を勇気づけた。たった一夜の出来事で、僕は変わった。愛情というよりも、それまでの女たちとは比べものにならぬ真知子の人格が僕を変えたのだと思う。

そしてもちろん――僕は鴇田君と涼子先輩の厚い友情に対して、自分を変革せねばならぬと思うほどの感謝をしていた。


二学期の始業式を心待ちにしたのは、その年だけだろう。

前の席に真知子の背中が座ったとき、僕はくらくらと目まいを感じた。ブラウスに透けるブラジャーのホックを見つめながら、決してコンパスの先ではなく、潮騒の聴こえるホテルの窓辺で、しっかりと抱き寄せながらそれをはずしたときの感触を、僕はうっとりと思い出した。

もしかしたら、僕らの愛は刻々と迫る大学受験の渦の中で、このまま冷えてしまうのかもしれない。それでもいいと僕は思った。あの夜の出来事は僕らの心の奥底で、永遠に輝き続けるにちがいないのだから。

しかし、そんな美しい感傷は、十分後の始業式の席でばらばらに砕《くだ》け散った。

いつもならまるで代議士のような演説口調で僕らに活を入れる校長は、そのときに限って妙にしめやかな声で、こう言ったのだ。

「第二学期の開始に当たり、諸君に悲しいお知らせをせねばなりません。実は、夏季休校中のさる八月十一日、三年A組の——」

鴇田君が死んだ。

僕は演壇の花影からとつとつと流れてくる校長の声を、ぼんやりと聴いていた。

「午後六時四十五分ごろ、神奈川県逗子市桜山の渚橋交叉点付近において——」

日付と時間と場所とが、僕の頭の中でぐるぐると回った。

校長の号令で生徒全員が黙禱《もくとう》を捧げたとき、僕は列の先に真知子の姿を探した。振り向いた真知子は青ざめていた。混乱した僕の頭に、真知子の明晰《めいせき》な瞳が語りかけた。

あの二人、死んでたのよ、と。

僕は顎《あご》を振って天井を見上げた。そんなことあるものか。あいつらは僕らをホテルに放っぽらかして、逗子に戻ったんだ。きっと涼子先輩が、ホテルの駐車場で鴇田君を拒んだんだ。時間は何かのまちがいで……。

恋人岬での鴇田君の切実な言葉が、ひとつひとつ昨日《きのう》のことのように甦った。とりわけ別れぎわに車の窓から顔を突き出して、僕らを祝福した二人の声は、耳の奥にこびりついていた。

（じゃあな、がんばれよ、伊能）

（がんばってね、有吉さん）

僕は目の前がまっくらになって、講堂の床にへたりこんだ。


教室に戻ってからも、僕はずっと机にうつ伏せていた。真知子と言葉を交わすのも怖ろしかった。葬式に行ったという何人かの級友の噂話に、僕は耳を塞《ふさ》いだ。

「新聞にも載ってたぜえ。二人とも即死だったってよォ。ダンプカーと正面衝突」

「二人って誰よ」

「あれ、みんな知らねえの。涼子先輩だよ」

「うそォ」

「何で鴇田が涼子先輩と一緒なんだよ、信じらんねえ」

「知るか、そんなこと」

担任が入ってきて、喧《かまびす》しい噂話はようやくおさまった。起立の号令にも、僕は立ち上がることさえできなかった。

「どうした、伊能。遊び過ぎか」

真知子がとっさにかばってくれた。

「伊能君、講堂で貧血おこしたんです」

「へえ、柄にもないな。まあいい。さて……鴇田のことはみんなびっくりしたろうが、この機会にちょっと言っておく」

担任は職員室から持って来た花瓶を抱いて、後ろの席まで歩いた。白菊の花束が鴇田君の机の上に置かれたとき、僕はたまらずに腕の中で泣いた。

「おまえ、よく平気だな……」

凜《りん》と伸びた真知子の背を、僕は指でつついた。

「……何よ、みっともない。しゃんとしてよ」

担任は歩きながら話し出した。

「死んだ人間のことを悪く言うわけじゃないんだが——まあ聞け。あらましはもう知っているだろうが、鴇田は今年卒業した鈴木涼子と一緒だったそうだ。それは、他人のとやかく言うことじゃない。鴇田はたしかにみんなより年は上だが、まだ高校生だ。だから助手席に彼女を乗せてドライブするなんて、本当はとんでもないことなんだ。万が一こういうことになって、いったい誰が責任を取れる。おい伊能、聞いてるのか」

担任は思い当たる何人かを名指しで呼んだ。教室は静まり返っていた。

「おまえらは優秀だよ。学校群制に変わって、そりゃ多少レベルは去年より落ちるだろうが、このクラスからも十人や十五人は東大に入るだろう。車を乗り回して、タバコ喫って、遊び回っていたって、早稲田や慶応には合格するさ。だが、それだって死んじまったんじゃどうしようもない。ましてや巻きぞえになった鈴木涼子のことを考えてもみろ」

真知子の背中に汗が滲《にじ》んでいた。担任が言葉をつなごうとしたとき、真知了はふいに机を揺るがせて立ち上がった。

「有吉、おい……やめろって」

いったい何を言い出すかわからない真知子の腕を、僕は摑んだ。

「あなたは黙ってて」

真知子は僕の手をふりほどくと、担任に正対した。

「なんだ、有吉。異議ありか。よし聞こうじゃないか。鴇田のためにも、徹底的に話し合おう」

真知子は担任にきっかりと目を据えた。

「私、夏休みに伊能君とドライブに行きました。――本当です」

いっせいに湧き上がったどよめきとブーイングは、しかし次の一瞬、凍《こご》えついたように静まった。

「江の島のホテルに泊まって、セックスしました。それも、いけないことですか」

「おいおい……ちょっと待てよ」

担任は狼狽《ろうばい》していた。

「でも、いいかげんな気持ちでそんなことしたわけじゃありません。鴇田君と涼子先輩も、きっと同じだったと思います。先生は二人のことなんて何も知らないのに、あの晩のことだって何も知らないのに、誰が責任を取るんだとか、巻きぞえがどうしただとか、良くそんなこと言えますね。知ってるんですか。見たんですか。二人がどんな気持ちでドライブして、何を考えながら死んじゃったのか、知ってるんですか」

真知子はそれだけを言うと、勝手に帰り仕度《じたく》をして教室を駆け出して行った。

その日の午後、僕は車を官舎の玄関に横付けして、真知子の家のドアを叩いた。

僕は初めての男の名誉にかけて、勇気をふるわねばならなかった。不愉快そうにドアを開けたのは父親だった。休暇だか早びけだか、あるいは虫の知らせかも知れない。だがともかく判事は、僕の勇気と責任とを受け止めるために家にいた。

僕と判事はあがりがまちで胸をせり合わせた。

「どういうことかね。もう娘とは付き合わんでくれと言ったろう」

「約束はしてません。きょう一日、真知子さんを貸して下さい。お願いします」

「貸してくれ、だと？　物みたいに言うな」

「お願いします」

僕は深々と頭を下げた。判事は冷静に考えるふうをし、僕の肩に手を置いて、しばらく表情を見定めてから言った。

「理由を言いなさい。理由がなければ、娘を出すわけにはいかない」

「約束があるんです。友達と約束したから行かなきゃならないんです」

「君の約束はあてにならない。前科がある」

「お願いします。七時までには必ず送ってきます。それも約束します。どうしても、行かなきゃならないんです。お願いします」

判事は腕組みをして、またしばらく考えた。

「……変わったやつだな、君は。いったい何の約束だかは知らんが、そこまで言うのなら私ともひとつ約束をしてくれ」

「七時までには帰ります」

「そうじゃない。そんなことじゃない。金輪際、二度と娘とは付き合わんと約束しろ」

襖《ふすま》のすきまから、真知子と母親とが並んで顔を出していた。僕はきっぱりと言った。

「それ、約束します。もう二度と会いません。学校でも口をききません。約束します」

「ほう……男と男の約束のために、彼女と別れるのかね。さて、ほめていいものやら、腹が立つやら――おおい、真知子。聞いたか、伊能君にとっちゃ、おまえはその程度なんだそうだ。どうするね？」

真知子はポーチを抱えて部屋を出たなり、ためらうように立ちすくんでしまった。

「有吉、悪いけど一緒に行ってくれよ。ほんとに悪いんだけど、俺、鴇田君と約束しちまったんだ」

「約束、って？」

「それは言えない。男と男の約束だから」

「よし、行ってこい」と、判事は娘の背を押した。

「いいね、伊能君。門限は七時、付き合いはやめる。これも男と男の約束だぞ」

「わかりました。約束します」

僕は真知子の腕を摑むと、官舎の階段を駆け下りた。


「ねえ、伊能君。あの晩のこと、どう思う？」

横浜新道を湘南に向かって突っ走りながら、僕らはずっと黙りこくっていた。僕が僕らの愛と引きかえてでも果たさねばならない約束について、真知子は訊ねようとはしなかった。

「どう思うもくそも、岬で会った時間には、あいつら死んじまってたんだ。他に何が考えられるんだよ」

「時計が狂ってたとか、事故の時間がまちがってたとか」

あの夜、門限に気付いたとき、時間は七時に近かった。おたがいの腕時計で同時に確認している。

小一時間も岬にいて、江の島まで僕らを送ってからまた逗子に戻ったとすれば、事故の時間には二時間近い誤差が生まれてしまう。

「がんばれよ、って言われたから、俺、がんばった。鴇田君の分まで」

「私もがんばったよ。涼子先輩の分まで」

僕らはホテルでの一夜を思い出して笑い、笑いながら怯え、怯えながら悲しみ、しまいには二人とも泣き出した。

若宮大路で花とコーラを買った。

「渚橋に行くの？　それとも、恋人岬？」

僕は答えなかった。鴇田君との約束の場所はそこではなかった。

鎌倉と逗子とをつなぐバイパスと旧道を行きつ戻りつして、僕は古い小坪トンネルを探した。

入口に近付くたびに速度を緩め、頭上に掲げてある看板を読んだ。

飯島隧道、伊勢山隧道、長柄隧道、桜山、逗子、名越……鴇田君が教えてくれる約束だった小坪トンネルはどこにもなかった。

「誤解すんなよ。おまえをもういっぺん口説《くど》こうってわけじゃないからな。そこは、ババアの生首が飛ぶだけじゃないんだと。溺れたやつとか、事故ったやつとか、みんなが集まってくるんだと。今度その場所を教えてくれるって、鴇田君は俺と約束したんだ」

僕の挙動を訝《いぶか》しんでいた真知子は、怯えるかわりにきっかりと眉を上げた。

「どこだろう。探そうよ、伊能君。探さなきゃ」

名越のトンネルを抜けたところで、僕は思いついて小坪漁港に向かう谷道に入った。

「小坪の港から山ん中に入って、誰も通らないような道にあるって――」

そうだ。鴇田君はたしかにそう言った。

昏れかかる谷間で僕は車を止めた。バイパスの高架橋の下を、山に向かって駆け上がる細い道があった。分岐には古い神社があり、「この先抜けられません」という看板が立ててあった。道の涯ては、暗鬱《あんうつ》な雑木の山に呑みこまれていた。

「こっち、行ってみようよ」

真知子に励まされて、僕はハンドルを切った。進むほどに潮の匂いは遠のき、じっとりと湿った土と木の呼吸が窓から流れこんできた。その道が小坪トンネルに続いていることを、僕らは確信した。

「怖くねえか」

「ちっとも」と、真知子は微笑《ほほえ》み返した。

「会えるかなあ」

「いたらどうすんだよ。あせるよな、きっと。何て言おうか」

真知子は僕の横顔を窺いながら、「私は言うこと決めてるよ」と、呟《つぶや》いた。

僕らの前に古い煉瓦《れんが》を積み上げたトンネルの入口が現われた。

あたりにはみっしりと羊歯《しだ》の葉が生い茂り、錆《さ》びた自転車や壊れた家具やらがあちこちに捨てられていた。落石止めのネットが張られた崖の下に、僕は車を止めた。

おそらくその昔は、小坪の港と鎌倉の町をつなぐ唯一のトンネルだったのだろう。暗渠《あんきょ》の先からは、ほのかに潮風が吹き寄せていた。

蔓《つる》の被いかぶさった入口を見上げる。赤錆びた鉄板には、「小坪隧道」と記されていた。

「入ってみようよ」

地下水の滴《したた》り落ちる煉瓦の壁に花束を立てかけて、真知子は合掌するかわりに僕の腕を引いた。

僕らは肩と腰とを抱き合って、真暗なトンネルに歩みこんだ。歩きながら、奥歯でコークの栓を抜き、ひとくち飲んでから真知子に手渡した。

「ねえ、タバコ喫ってあげてよ」

立ち止まって煙草をくわえ、吹き過ぎる潮風に火をかばったとたん、僕はありありと、恋人岬でマッチを差し向けたときの鴇田君の冷たい手の感触を思い出した。

僕らは四方の闇に向かって死者たちの名を呼んだ。

足元も覚束ぬ濡れた闇の中をしばらく歩くと、地の底からせり上がる感じで、円い出口が現われた。そこからは稲村ケ崎に沈みかかる夕日と、秋の色に染まった由比ケ浜を見下ろすことができた。

真知子は思いがけぬ景色に長い睫毛《まつげ》をしばたたかせながら、ふいに出てきた闇を振り返り、体じゅうの空気を吐きつくすほどの声を張り上げて、「ありがとォ！」と叫んだ。

「伊能君も、言ってよ」

闇に向かって声を揃えると、そっくり同じ谺《こだま》が返ってきた。

それから、たぶん――僕と真知子は思いのたけをこめて、もうこれきりの接吻をしたはずだ。

赫《かが》かしい湘南の夕日を背にした黒い額縁の中で、僕は真知子の腰を弓弦《ゆづる》をひきしぼるように抱き寄せている。

真知子は小さな顎をかしげ、二の腕と掌とで僕のうなじをかき抱いている。

蜩《ひぐらし》が鳴き、潮騒が胸を搏《う》つ。

まるで古い映画のスチールのように、僕らはいつまでもそうしている。

青い火花

東京の町なかを網の目のように都電が走っていた時代のことは、もう余り知る人がいない。

たかだか三十年前の話なのだけれど、その間たくさんの人口が流入し、それと同じ数だけの先住者が代謝してしまったせいで、昔を知る人がいなくなったのだろう。

唯一、早稲田から三ノ輪橋まで、文化財のような路面電車が動いているが、あれはもともと交通の障害にならないような場所を選んで走っていた路線だから、今さら乗ってみたところでさほど往時の雰囲気をしのぶことはできない。ともかく、僕の子供のころには、東京中の道路という道路に、おそらく世界最大のネットワークであったにちがいない都電が、黄色い箱を並べて走り回っていた。

たとえば僕の生まれ育った麻布十番の周辺にしても、六本木と霞町と飯倉《いいぐら》一丁目の交叉点がそれぞれ乗換ターミナルになっており、どこへ行くにしても足回りはそれだけでこと足りた。にも拘《かかわ》らず、オリンピック開催をしおにそれらが次々と撤去されたとき、たいした反対運動も起きなかったのは、つまり時代の要請というやつだったのだろう。

足回りもくそも、当時の都電はすでに誰から見ても、のろまで不格好で、自動車の障害物でしかない厄介者《やっかいもの》になり下がっていた。

傲岸《ごうがん》な明治生まれの写真師であった祖父は、最後までたったひとりの闘争を続けていた。地下鉄日比谷線の開通とバス路線によって、以後の住民生活は完全に保障されていたから、都電廃止に反対する合理的な理由は何ひとつとしてなかった。だから祖父が勝手に六本木の交叉点で配布していた「ちんちん電車」なるガリ版刷りのチラシも、全然説得力に欠けていた。それどころか、町にゴミが増えると、商店街から苦情を言われたことさえあった。

祖父はそのころ、すでにボケ始めていたのだと思う。

家庭用のカメラが普及してしまって、写真館などという商売は成り立たなくなっており、一家の生計はフィルムの販売と現像で支えられていた。

そんな商売は、母が芝居見物のかたわらにでもやることができた。祖父は日がな客など来るわけもないスタジオの籐椅子に座って、愛用のライカを磨いているほかはなかった。なにしろ「写真師・伊能夢影《いのうむえい》」などという名刺を真顔で差し出すような矜《ほこ》り高い祖父であるから、客がフィルムを買いに来てもいらっしゃいましでもなく、奥に向かって「オーイ」と母を呼ぶのだった。

父は入婿《いりむこ》だった。僕の勝手な想像だけれども、親方の娘と弟子のひとりが惚れ合ったとか、かつて大勢いた弟子の中から器量を見こまれたとか、そんなきれいごとではあるまい。生来が優柔不断で、ぼんやりと「芸術写真」を撮ることばかり考えていた父は、要するに逃げ遅れた弟子だった。

父はいちおうは伊能写真館の主、「二代目伊能夢影」であるが、仕事らしい仕事といえば七五三のお宮参りと小学校の学級写真ぐらいなもので、一年の過半は旅に出て意味不明の風景写真を撮り歩いていた。

しかし、そんな父と祖父の間にはふしぎなぐらい諍《いさか》いがなかった。それはたぶん、一人息子の僕が「三代目伊能夢影」を強要されなかったことと、理由は同じだろう。要するに、家業の未来について議論するだけの値打ちを、僕の家はすでに喪《うしな》っていたのである。

麻布十番の古ぼけた写真館は、時代の要請という問答無用のラップにくるまれて、なるようになるほかはなかったのだ。

正確な日時はわからない。

たったひとりの抵抗が潰《つい》えて、祖父がまるでゴブラン織りのタペストリーの絵柄のように、スタジオの椅子に座りこみ始めたころのことだった。

例によって母は芝居に出かけており、父は雪景色を求めてどこかの温泉に嵌《は》まっており、僕は暖かなスタジオに腹ばいになって、冬休みの宿題をやっていた。

祖父は籐椅子にもたれて、父がクリスマスに贈ったベトナム戦争の写真集を見ていた。

「まあ、ヘタとまでは言わねえが、こんなものァ、どだいブン屋のやるこって、かたぎの写真家の仕事じゃあねえなあ」

と、同じような言葉は何度も聞かされていたから、祖父もその写真集には少なからぬ興味は持っていたのだろう。

金文字のはげかけたガラス戸を開けて、客が入ってきたのはそのときだった。

制服制帽に厚い濃紺のコートを着た初老の男だった。てっきり巡査かと思って、僕ははね起きた。

「よう、順ちゃん。何だねそのなりは」

祖父が老眼鏡をかしげて微笑んだ。僕には見憶えのない顔だった。

「いやね、いよいよちんちん電車もしめえなもんで、一枚このなりで写真とっとこうかと思ってさ。どうせなら親方に」

男は店のスチール椅子に座ってストーブに手をかざすと、旨そうにいこいを喫《す》った。

「ま、今日の明日のって話じゃあああるめえが……で、順ちゃんそのさきァどうするの」

「どうもこうも、この年じゃあバスだの地下鉄だのってわけにも行くめえしよ、他の路線に行ったっていずれ時間の問題だしよ、地方の市電に行くかどうか、それにしたって今さら江戸を売るってのァなあ」

江戸を売る、とはずいぶん古調な言い回しだが、たとえとは思えぬ切実さがあった。

それからしばらく、おたがい何と言っていいかわからぬという感じで二人は黙りこくっていた。だが子供心にも、ことの成り行きはわかる。緊密な沈黙にいたたまれなくなって茶を淹《い》れると、男はグローブのように大きな掌《て》で僕の頭を撫でた。

「俺とおんなじ三代目だけど、おめえはいいなあ」

「なあに、こいつも似たようなもんさ」

と、祖父が慰めるように言った。

「だけど親方、ちんちん電車がなくなったって、まさかカメラがなくなるようなことはあるめえ」

「そりゃそうにゃちげえねえが……四代目はどうしたの」

「それが不幸中の幸いでよ、はなっから営団に就職した。おめえ、まっくらな中を走って何が面白えんだって反対したんだが、まず今の若い者は先が良く見えるねえ」

「しめえに、花電車とか、出るんかね」

「さあ。出るにゃ出るんだろうけど……とりあえずクリスマスの晩には走らせるってよ。だがそんなもんには乗りたかないねえ。親方だって、金輪際これでしめえだなんてえシャッター切るのァごめんだろう」

いかにもぶっきらぼうな都電の運転手だった。ようこそご乗車とか、ありがとうございましたとか口にしないのは、彼らの矜り高い伝統だった。

それから祖父は長い時間をかけて、男の制服姿を写真に収めた。

立ったポーズはすぐに決まったが、椅子にかけるとどうとも様にならず、何度も撮り直しをした。

「三十年も立ち仕事なんだから仕様があるめえ」

と、順ちゃんは妙な言いわけをした。


その夜、父が旅から帰ってきた。

進駐軍払い下げのカーキ色のジャンパーを着、編み上げのブーツをはき、サンドバッグのような頭陀袋《ずだぶくろ》と三脚を背負い、二台のカメラを首から提げた父は、まったく疲れ果ててキャンプにたどりついた従軍カメラマンのようだった。

久しぶりに家族が揃って夕食の膳を囲んだ。父は雪を求めて足を延ばした津軽の話をし、母は梅幸《ばいこう》の藤娘について語り、祖父は祖父で都電の運転手の肖像を撮ったことを、勝手に話した。東京の人間はみな聞きべたのおしゃべりだから、家族が全員そろえば必ずそういうありさまになるのだった。僕は頭上に飛びかう機関銃のような会話に身を低くして、黙々と食事をした。

父は飯を食いおえると、僕を暗室に誘った。

「こいつもついでに頼まあ」

と、祖父がその日に撮った肖像写真の乾板を手渡した。父はちょっとふしぎそうに、「いいんですか」と、受け取った。

祖父が自分の撮った写真を父に現像させるのは、珍しいことだった。細かい手作業にはもう自信がないのだろうと僕は思った。

暗室は店と居間の間の、梯子段《はしごだん》の裏にあった。便所よりはいくらか広いが、風呂場よりはまちがいなく狭い。おまけに片側は梯子段の傾斜だから、二人が入ればほとんど身じろぎもできぬほど窮屈だった。

闇の中に赤ランプを灯《つ》けて、父は声をひそめた。

「おじいちゃん、ほんとに撮ったのか」

まずいことをしてくれた、とでも言うような口ぶりだった。僕が昼間の経緯の説明をすると、父は溜息をついた。

「ああ、堀米の順ちゃんかあ。知ってる人でよかった」

「どうして？」

「おとうさんが撮り直さにゃならんだろう。おじいちゃんにゃ無理だよ、もう」

はたして、現像液の中に浮かび上がった順ちゃんのポートレートは、ひどいものだった。

スタジオは七五三のときから使っていなかったうえに、何日か前の大掃除で、ライトの角度も椅子の位置も変わっていたのだ。

「露出、はからなかったのかなあ。おまけにブレてるよ」

たしかに順ちゃんの帽子の下の顔は真黒で、白手袋の色ばかりがはじけとんでいた。

「さあて、問題はだ。撮り直しをおじいちゃんに何て説明するかだな」

「現像に失敗しちゃったって言ったら」

「それもなあ……おとうさんだって叱られるのはいやだし」

「じゃあ、僕が暗室を開けちゃったことにしたら。ほら、せんにもそんなことあったじゃないか」

父はしばらく腕組みをして考えた。勝手な行動をするくせに、いざというときにはなかなか答えの出せない父だった。

「その手で行くか。おめえにはすまないけど……」

「べつにいいよ。俺、写真屋になんかならねえもの」

赤ランプの下で、父は苦しげに笑った。

「おめえ、親孝行だな」

みなまで聞かずに、僕は暗室の扉を蹴って外に飛び出した。わあっ、と父の悲鳴が上がった。

祖父が駆けつけた。ごめんなさい、と僕が台本のつもりで詫びると、父は切迫した声で、

「この、親不孝者」と怒鳴った。

父が一週間もかけて東北を撮り歩いたフィルムまで、全部だめにしてしまったのだった。

翌日、父は広尾車庫まで順ちゃんを迎えに行った。

たぶん、本当のことをつつみ隠さず言ったうえで、撮り直しを頼んだのだと思う。再びスタジオを訪れた順ちゃんは、何となく気の毒そうな目で祖父を見ていた。

僕には役目があった。父がカメラと椅子をセットし直し、ライトの角度を調整し、露出を正確に計りながら最新鋭のペンタックスで仕事をおえるまで、祖父をどこかに連れ出さなければならなかったのだ。

銀杏《ぎんなん》を拾いに行こう、と僕は祖父を誘った。撮影にかかることができずに、不自然な格好でストーブを囲んでいた父と母と客とは、口を揃えて「そうだ、そうしろ」というようなことを言った。

「なんだおめえら、俺がいたら何か不都合でもあるのか」

と、祖父は半分感づいたふうだった。

みこしを担ぐようにして、人々はどやどやと祖父を送り出した。

凩《こがらし》の吹く師走の夕暮れどきだった。祖父は僕を自転車の荷台に乗せて、黙々とペダルを踏んだ。

僕の胸と祖父の背中の間には、古いライカが挟まれていた。真白に色の脱けた革のケースを、祖父は肩から斜めにかけていたのだった。

「久しぶりに、おめえを撮ってやろうなあ」

僕は綿入れの背中に耳をくっつけて、轟《とどろ》くような祖父の声を聴いた。遠回しに不実をなじられているような気持ちになった。祖父は僕の生まれ落ちた瞬間から、僕の育って行くありさまをそのライカに収め続けてきてくれたのだった。

アルバムの最初の一枚は、鯉のぼりを広げたスタジオの中央に、素裸の赤ン坊が大の字に寝ている写真だった。幼稚園のジャングルジムのてっぺんで万歳をしている写真。七五三のおすまし顔。祖母の骨箱を抱いてべそをかいている写真。小学校の校門で晴れがましく気を付けをしている姿――僕は同世代の誰もが持っていない克明な成長の記録を祖父から与えられた、幸福な子供だった。

都電通りはあちこちが建設工事の真最中だった。沿道のしもた家は片ッ端から取り壊されて、まるでおもちゃの町並を造り出すように造作もなく、ビルディングが建てられていた。ダンプカーが行き過ぎるたびに、僕と祖父の上にはもうもうと埃《ほこり》が降りかかった。

「ごめんね、おじいちゃん」

僕は世界中の不実になりかわって、祖父に詫びた。

自転車はブレーキをきいきいと鳴らしながら都電通りを下り、霞町の交叉点で止まった。

「くたびれた。電車で行こう」

と、祖父は自転車を街路樹の根元にうっちゃって停留場に渡った。

たそがれの冬空に青い火花を散らして、クリーム色の都電がやってきた。品川から天現《てんげん》寺《じ》、霞町、信濃町《しなのまち》を通って四谷三丁目に至るその路線は、いつ乗っても割合に混んでいた。

「まだまだ、たんと繁盛してるじゃねえか。なあ、運転手さん」

例にもれず無愛想な運転手は、突っ立ったまま答えなかった。

都電は停留場のない墓地下《ぼちした》のカーブを全速力で駆け抜けた。そこはおそらく、都電が往年の力を存分に発揮できる都心で唯一の場所だった。老人たちがいまだに「三聯隊裏《さんれんたいうら》」と呼ぶ新龍土町《しんりゅうどちょう》の停留場を出ると、青山墓地の山下に沿った広いカーブを、都電は警笛を鳴らし続けながら一気に走り抜けるのだった。

僕と祖父は青山一丁目で降り、真黄色に染まった絵画館前のいちょう並木で銀杏を拾った。季節は遅すぎるはずなのだが、父が雪を求めて津軽まで足を延ばしたくらいなのだから、おそらく暖かい冬だったのだろう。

日の昏《く》れるまで、僕と祖父は伊勢丹の手提げ袋がいっぱいになるほどの銀杏を拾った。

そのとき祖父がライカを構えたという記憶はない。

父と祖父が珍しく言い争いをしたのは、その晩のことである。

できあがった順ちゃんの写真に、祖父が難癖をつけたのだ。こんな写真はそこいらの小学生がフジペットで撮ったって撮れらあ、と祖父はこきおろした。

いちどは、はいそうですかと頭をかいて笑ったものの、祖父が写真を放り投げ、あまつさえ伝家の宝刀を抜く感じでお膳をひっくり返したものだから、さすがの父も怒った。

「そこまでやるってんですか。なら、はっきり言わしてもらいますがね」

と、父は改まって、ライトも見えてねえの、ピンボケだのと、祖父の撮影した写真の真実をみなばらしてしまった。

こうして僕の親孝行はご破算になった。

「やろう、だったらはなっからそうと言やあいいじゃねえか。子供までダシに使いやがって、なにがまちがって焼いちめえましただ。第一、すす払いのあとでスタジオのライトをそのまんまにしとくたァどういう了簡だ。この年寄りにキャタツ立てて、天井に上がれてえのか」

「それがわかっていたんなら、キャタツに上がらなくたって他にやりようもあるでしょうが。プロなんだから、ストロボを焚《た》くとか、手前からスポットを入れるとか」

古い職人である祖父は、新式の機材の扱いを何も知らない。知らないというより、信じないのである。何しろフラッシュといえば大時代なマグネシウムを爆発させて、つい先年まで客を驚愕させていたほどなのだ。

まあまあ、と母が散らかった皿を片付けながら仲に入った。生来が呑気者で、何でもいいふうにしか考えないたちの母は、近所からも頼りにされるほどの仲裁の名人だった。で、そのときもごちそうを台無しにされた恨みさえおくびにも出さず、まったくうまい仲立ちをした。

「そうそう、そう言やァ順ちゃんに聞いたんだけどね、クリスマスに花電車が走るって。順ちゃん、路線じゃ一番古い運転手だから、いやだけど乗ることになっちゃったんだってさ。おじいちゃんもおとうさんも、四の五の言ってないで、電車の晴れ姿を撮ってやりゃあいいじゃないの——おそばでも茹《う》でるから、ちょいと待っててね」

かいがいしく働く母の手前、祖父と父は休戦した。

ずるずると音立ててそばをすすりながら、祖父は上目づかいに父を睨みつけた。

「ま、そういう仕事も悪かねえ。俺が撮るから、おめえ昔みてえにちゃんと手伝えよ」

はい、わかりました、と父は答えたが、何だか競《せ》る感じでずるずるとそばをすすり上げるその目付きは、(撮れるもんなら撮ってみやがれ)とでも言っているふうだった。

父は運の強い人だった。

幼いころ父母に死に別れたのち、年の離れた兄に何不自由なく育てられて、当時としては高等教育といえる旧制中学に通った。海軍兵学校の試験を落ち、徴兵されて一聯隊に入営したのだが、中学卒業者は予備士官を受ける資格があるとかで外地には出征せず、六本木の交叉点に近い檜町《ひのきちょう》の兵営で終戦を迎えた。一聯隊はフィリッピンで玉砕したということだった。

つまり、海軍兵学校の試験に合格していても、徴兵された陸軍の中でほんの少し判断ちがいがあっても、十中八九は戦死していた人だった。しかも復員の辛酸すら舐《な》めることなく、声を出せば届きそうな檜町の兵舎から、ほとんど終戦と同時に歩いて帰ってきたのだった。

それで、間もなく進駐軍の御用達に忙しい近所の写真館の徒弟に収まった。兄弟子は何人もいたのだけれど、兵隊にとられたまま戻ってこなかったり、のれん分けで出て行ったり、転職したりして、結局なりゆきまかせに祖父の養子となった。

いや、なりゆきという言い方には、ちょっと語弊があるかもしれない。

祖父が起居する三畳の鴨居には、粋な黒繻子《くろじゆす》の襟《えり》をかけた祖母の写真に並んで、見知らぬ伯父の肖像が飾られていた。慶応大学の丸い帽子を冠《かぶ》った、若い学徒の写真である。思い出話のはしばしに祖父が生ける者のように「真一」と呼び、母が「にいさん」と呼び、父が懐かしげに「真ちゃん」と呼ぶその見知らぬ伯父は、世が世であれば「二代目伊能夢影・伊能真一」という名刺を持つ人物にちがいなかった。

無責任になりゆきまかせと口にするほど、僕は僕の生まれるわずか数年前に起こったなりゆきを、詳しくは知らない。

その年のクリスマス・イブを、僕は去年の出来事のように思い返すことができる。

朝っぱらから、三聯隊の跡地に進駐していたGIが二人、ぎょっとするような盛装をして写真を撮りにきた。予想もせぬ事態だったが、おそろしく手先が器用で凝《こ》り性の父は、スタジオをすっかりクリスマスのムードに造りかえており、GIは「ワンダフル」を連発した。

当然家族は祖父がしゃしゃり出ることを警戒した。しかし祖父は、スタジオの隅にいかにも「師匠」という感じで立ったまま、黙って父の仕事ぶりを観察していた。上機嫌の客を父が店の外に送り出すと、祖父は仏頂面でペンタックスのファインダーを覗きこみ、撮影中に父がさかんに使っていた露出計を手にとって、何だか原住民が文明の利器でも見るようにためつすがめつ眺めていた。

祖父が父の機材に興味を示すのはまったく初めてのことだった。スタジオに戻ってきた父が説明しようとすると、祖父は面白くもおかしくもない顔のまま、「こんなもんに頼ってばつかいるから、いつまでたったってコンテストに受からねえんだ」と悪態をついた。

父は毎年、新聞社の主催する写真コンテストに作品を応募し続けていたのだった。

鳥居坂の屋敷町の森が夕日に染まるころ、家族はひどく大げさななりで家を出た。

母は正月用の紬《つむぎ》をおろし、僕に新しいセーターを着せた。父は撮影旅行のときと同様に、例の従軍カメラマンのような格好で、おびただしい機材を背負った。ひとめ見たなり祖父は、「てめえ、弁慶か」と、また悪態をついた。

そう言う祖父の出で立ちはといえば、皿の異様にでかいハンチングを冠り、ツイードの背広に蝶ネクタイを締め、丈の短いニッカボッカをはいていた。久しぶりに見る写真師の正装に、家族はみな呆れた。僕と母は笑いをこらえるのに必死だったが、父は妙に目の据わった真顔で、「少なくとも、牛若丸には見えませんが」と厭味《いやみ》を言った。

店を出ると、祖父は世界を測るような感じで、籐《とう》のステッキを夕空に向けて振った。チョッキのポケットから、その昔宮様から拝領したとかいう懐中時計を取り出して時を見、胸に提げたライカを商店街のアーケードに向けて構えた。

「ミエ切ってるつもり」と母が笑いを苦しげに嚙み殺しながら囁《ささや》いた。

「墓地下がいいな」

と祖父は言った。これには全員が仰天した。近くの六本木の交叉点か一の橋の停留場で花電車を待つものだとばかり思っていたのだ。それにしたところで多少は近所の目を気にしなければならないのに、祖父のそのなりで遠い墓地下まで歩かれてはたまらなかった。なにしろ祖父は、蔭では何を言われているかわからない、界隈《かいわい》でただひとりの都電廃止反対運動者なのである。

次代を担《にな》う家族は、妙な語りぐさを残したくない一心で祖父を流しのタクシーに詰めこんだ。

にっちもさっちもいかない交通渋滞の窓から、祖父はぼんやりと、移ろい行く故郷のイルミネーションを見つめていた。

僕らはひとけのない墓地下のカーブで、凩《こがらし》に慄《ふる》えながら花電車を待った。

そこはまったく写真撮影に適さない場所だった。第一に、街灯のほかの灯りがない。後ろは青山墓地、向かいは米軍キャンプである。しかも四方を繁みに囲まれているそのあたりは、霞町の名の由来のごとく、夜更けとともに霧が湧く。何よりも、停留場も交叉点もないカーブを、都電は全速力で駆け抜けるのである。

「青山一丁目の方が、よかないですか」

と、父は機材を出しためらいながら言った。

「よかねえよ。俺ァここしかねえって、せんから決めてるんだ」

凩にかき乱された霧が、街灯の輪の中で渦を巻いていた。父が仕方なしに機材を拡げる間、祖父はステッキに両手を置いてキャメルの両切を唇の端で嚙んだまま、真剣なまなざしをあたりに配っていた。

まさかと思う間に、ちらちらと雪が降ってきた。

「やっぱ、むりですよおやじさん――」

「けっこうじゃあねえかい。ほれ、おめえの尊敬する何とかいうベトナムのカメラマンは、鉄砲の弾ん中でシャッターを切ったんだろう。あれァいい写真だ。おそらく奴ァ、弾が飛んでくるたんびに、しめたと思ったにちげえねえ。プロってえのァ、そうじゃなきゃならねえ」

「そりゃま、そうですけど……」

心のやさしい父は、ここまで準備を整えた祖父の一世一代とも言える写真が、無残な結果に終わることを惧《おそ》れたにちがいなかった。

それからしばらくの間、父は心の底から祖父を諫《いさ》め続けた。祖父は頑として譲らなかった。真摯《しんし》な師弟のやりとりに、僕や母の口を挟む余地はなかった。

結局、父は強情な師匠に屈した。

「せめて、こっちを使っちゃくれませんか」

父はフラッシュをセットしたペンタックスをさし出した。

「いや、俺のを使う。ただし、おめえもそっちで、同時にストロボを焚け。合図は昔と同じだ」

わずかの間に、雪はほぐれ落ちる真綿ほどの大粒になっていた。祖父は掌でライカのレンズをかばいながら、父の立つべき位置を指図した。

深いしじまの中で、都電の警笛が鳴った。隣りの新龍土町の停留場を発車したにちがいない。道路の向こう岸には、いつの間にか大勢のＧＩが見物にやってきていた。

「おじいちゃん、写せるかなあ。ストロボ替えてる暇なんかないよ。ここ、すごいスピードで来るんだ」

母は答えずに、じっと夫と父の仕事を見つめていた。

ストロボは一回で焼き切れてしまう。玉を替える間などあるわけはないから、写真は一発勝負だった。

祖父はハンチングの庇《ひさし》を後ろに回し、街路樹の幹に肩を預けた。両肘をぐいと締め、何度もファインダーを覗きながら足場を定める。ふだんの老耄《ろうもう》した姿など嘘のように、腰も背もしゃんと伸びていた。

一方の父も真剣だった。指示通りに少し離れた場所で三脚を開き、毛糸の帽子を脱いでカメラをかばっている。

緊密な時間が刻まれた。雪を吸って真黒に濡れた道路に、水銀を流したような二本の線路がはるかな弧を描いていた。

母が背中から僕を抱きすくめた。僕の鼓動と同じくらい、母の紬の胸は高鳴っていた。

花電車が来た。

向こう岸のGIたちから、いっせいに喝采と指笛が起こった。

全速力でカーブに現われた花電車は、クリーム色のボディが見えないほどの造花で飾られ、フレームには目もくらむほどの豆電球を明滅させていた。ヘッドライトの帯の中に霧が渦を巻き、轍《わだち》からは雪が吹き上がった。

「まだっ！　まだまだっ！」

祖父が怒鳴った。

「いいかっ！」

「はいいっ！」

ひと呼吸おいて、祖父は木遣《きや》りでも唄うような甲高《かんだか》い合図の声を張り上げた。

「ああっち！　ねええっ！　さん！」

一瞬、夜の底に焼きつけられた都電の姿を、僕は一生忘れない。

二台のストロボと同時に、都電のパンタグラフから稲妻のような青い火花が爆《は》ぜた。真昼のような一瞬の閃光《せんこう》の中で、電車はそのまま止まってしまったように見えた。

しかし、都電は警笛を鳴らし続けながら、全速力で僕らの前を通過していたのだった。豆電球に飾られた運転台に、順ちゃんが無愛想な顔でつっ立っていた。

母が、ほうっと息を抜いた。

「あっち、ねえ、さん、だって。久しぶりで聞いたわ」

「あっちねえさん。おかしいね」

僕と母は芯《しん》の折れたように屈みこんで、大笑いに笑った。

都電が行ってしまってからも、祖父と父はファインダーから目を離さずに立っていた。

少し間を置いて、向こう岸からＧＩたちの喝采が上がった。それはカメラマンたちに向けられた賞讃に違いなかった。祖父はようやく身を起こし、ハンチングを粋に胸前に当てて、「サンキュー・ベリマッチ！」と答えた。

「撮れたの、おじいちゃん」

僕は祖父に駆け寄った。

「焼いてみりゃわかる。まちがったって暗室のドア開けたりすんじゃねえぞ」

祖父はライカをケースに収めると、ツイードの背広の肩に斜めにかけ、雪と霧に染まった墓地下の舗道を、さっさと歩き出した。

「気が済んだかな」

三脚を畳みながら、父が悲しげに言った。

祖父は誇らしく胸を反り返らせ、無愛想に、まるで花道をたどる役者のような足どりで、雪の帳《とばり》の中に歩みこんで行った。

その夜、僕と父は夕飯もそっちのけで暗室にこもった。

赤ランプの下の父の顔はいつになく緊張していた。

「おとうさんのフィルムは？」

父は少し迷ってから言った。

「ペンタックスのフィルムは抜いておいた」

「え、どうして？」

「ペンタックスが写っていて、ライカが真黒だったら、おじいちゃんガッカリするだろう。おとうさんの方は失敗してたことにしとけ」

「おとうさん、やさしいね」

「おじいちゃんは、もっとやさしいよ。較べものにならないくらい」

話しながら、僕と父はあっと声を上げた。現像液の中に、すばらしい花電車の姿が浮かび上がったのだった。

「すごい、絵葉書みたい」

父は濡れた写真を目の前にかざすと、唇を慄わせ、胸のつぶれるほどの溜息をついた。

「信じられねえ……すげえや、こりゃあ」

暗室から転げ出て居間に行くと、祖父と母は勝手にケーキを食っていた。

父と僕のあわてふためくさまをちらりと見て、祖父はひとこと、「メリー・クリスマス」と言った。家族が大騒ぎをしている最中にも、まるで当然の結果だと言わんばかりに、焼き上がった写真を見ようともしなかった。

「まあ座れ。戦に勝ったわけでもあるめえに、万歳はねえだろう」

僕らは尊敬する写真師、伊能夢影を中にして、炬燵《こたつ》にかしこまった。

まったく芝居のように長い間《ま》をとって紅茶をすすり、両切のキャメルをつけてから、祖父は言った。

「ベトナムのカメラマンはうめえよ。俺よりゃちょいと下がるが、おめえよりかはうめえ」

「当然です、おやじさん」

と、父は誇らしげに答えた。

「なら、なぜおめえがへたくそか、わかるかえ」

「機材に頼るから、でしょうか」

「いいや、そうじゃあねえ。少なくともおめえのペンタックスは、俺のライカよりか優秀なカメラだ。あの露出を計る機械にしたって、あるのとねえのとじゃあ、大違えだろう――要は、ここだ」

と、祖父は丹前の胸に掌を当てた。

「きれいな景色を撮るのもけっこうだが、景色にゃ感情てえものがねえ。おめえの撮る写真は、道具さえ揃や誰だって撮れる。つまり、おめえはやさしさが足んねえ」

はあ、と父は押し黙った。

父の作品がグランプリに輝いたのは、ずっと後のことだ。

風景写真をやめたあと、父は消え行く東京の風物を抒情《じょじょう》的なモノクロフィルムに収めて、何度か佳作に選ばれた。だが、グランプリを受賞した一枚は、絵画館前のいちょう並木で銀杏を拾う、老いた祖父の姿を写したものだった。

父と祖父が改まって撮影に出かけたという記憶はないから、病院に診察に行った帰りがけか何かに、偶然撮影した一枚だったのだろう。

落葉の散り敷く舗道に、祖父がステッキを投げ出して、はいつくばるような感じで銀杏を拾っている。その腰には古いライカが回されている。タイトルは「老師」だった。

祖父が喜んだのは、受賞そのものよりも作品の出来映えよりも、父が「伊能夢影」という名で世に出たことだった。

そのころ相当に呆けてしまっていた祖父は、正月の新聞にでかでかと掲載された作品を見て、はじめはさんざんにこきおろしていたのに、父が「伊能夢影」の活字を示したとたん、「でかしたでかした」、と喜んだものだった。

僕が高校を卒業する年の冬、祖父はスタジオの籐椅子の上で、ゴブラン織りの絵柄のようになって死んでいた。

駆けつけた父は、祖父の膝からライカを取り上げると、胸に抱きしめて、わあわあと泣いた。検屍《けんし》の医者や警察官が来ても、近所の人がおくやみに来ても、そのままどうかなっちまうんじゃないかとまわりが気を揉むほど、スタジオに立ちつくして泣き続けていた。

祖父の骨は祖母や伯父の待つ飯倉の小さな寺に葬られた。

納骨の一部始終を撮りおえたあと、母は手早く新しいフィルムに入れ替えて、ライカを骨箱のかたわらに収めた。

「行ってらっしゃい、おじいちゃん――」

ライカの焦点は∞《無限大》の印に合わされていた。

グッバイ・Dr.ハリー

階段教室の扉の外で、その新任教師は教材の詰まった段ボール箱を抱えたまま、ぼんやりと立ちすくんでいた。

席順もクラス委員も決まっていない、新学年の第一限目だった。しかも英語と数学は高校二年からクラスを二分割して少数授業をすることになっており、別棟の階段教室は居場所を見失った生徒たちでてんやわんやの騒ぎだった。

そういう僕も、ガリ版刷りのひどくわかりづらい時間割を頼りに廊下を右往左往し、ようやく自分の教室を確認したのだった。

要領の悪い生徒たちがいつまでも出入りする扉の外に、その外人教師はまるで早瀬にとり残された釣り人のように、長いことつっ立っていた。

誰かが気付いて、「起立!」と叫んだ。僕らは適当な席に体を押しこんで立った。それでも長身の外人は、まだしばらくの間、段ボール箱を抱えたまま戸口に立っていた。

都心にある僕らの高校の周辺には、もともと大使館や公使館が多かった。六本木のキャンプには、まだ大勢の米兵が駐屯していた。だから僕らは、たいてい外人の子供たちとキャッチボールをした経験があり、何らかの形で外人との接触があった。たとえば麻布十番の商店街で写真館を営んでいた僕の家も、客のうち何人かに一人は外人だった。

にも拘《かかわ》らず僕らが緊張した理由は、外国人教師による授業が初めてだったからだ。

まるで骨箱でも抱えるような感じで段ボール箱を抱いたまま、新任教師は教壇の前を通り抜けて窓辺に立った。そこでまたしばらく、ぼんやりと満開の桜を眺めた。二階の階段教室の窓には、空も見えぬほどに花がひしめいていたのだった。

そのうち、緊張のせいもあって僕らはたまらなくおかしくなった。あちこちでこらえきれぬ笑い声が起こった。

まず、彼の存在そのものがユーモラスだった。背がひょろりと高く、古ぼけた背広の襟が後ろに落ちるような猫背だった。窓辺にじっとしていると、何だか棒きれが立っているような感じだった。齢《とし》はたぶん若い。しかし、側頭部と後頭部の豊かな赤い毛を残して、頭頂だけがあざやかに禿げていた。丸い黒ブチのメガネをかけ、唇の周囲をぐるりと髭《ひげ》が隈取っている。それはいかにも欧米人の学者の顔だった。

桜をあかず眺めながら、彼は「AH!」とか「OH!」とかいう、感嘆の言葉を口にした。

「知ってっか。あれ、本職は詩人だって」

良次がリーゼントに櫛《くし》を当てながら言った。

「詩人？　何だよそれ」

「よく知らねえけど、去年まで上のクラスを教えていたミスター・ジョーンズが、アメリカに帰っちまったんだってさ。それで、あれがピンチ・ヒッターってわけ」

岡田良次は成績も素行も、おせじにも良いとは言えないが学園の人気者で、教師たちからもふしぎとウケが良い。四人兄弟の末ッ子で兄と姉は全員がOB、しかも揃って東大に行った。できの良い兄たちを知っている教師たちは彼のことを「みそっかす」「おまけ」と呼んで憚《はばか》らず、つまり彼はそのぐらい愛すべきキャラクターだった。

「しかもよ、ミスター・ジョーンズが戻ってくるまでのピンチ・ヒッターだから日本語ぜんぜんしゃべれねえって。どうすんだろ」

良次のこういう情報はいつも正確だった。

「おまえ、何でそんなことまで知ってんだよ」

「ええと、それはつまり……」

良次はいちど口ごもって、前の席に立つ宮本理沙のポニーテールを櫛で梳《す》いた。理沙はじっと抗《あらが》わずにいる。どうやらこの二人が付き合っているという噂は本当らしい。

「つまりよ、俺の一番上の兄貴が外務省に行ってるだろ。ここだけの話だけど、ミスター・ジョーンズが急に帰っちまって、兄貴が学校から相談されたわけ。で、イギリス大使館から手を回してもらって、とりあえずあいつを見つけ出した、と」

「ほんとォ、良ちゃん」

と、理沙が振り向いて言った。

「シッ。本当だよ、誰にも言うなよ。なにしろあいつ、つい十日前までオックスフォードの研究室にいたんだからな。気の毒だけど、たぶんおまえは通訳だ」

宮本理沙の父親は銀行員で、長い間家族とともに海外勤務をしていた。今流に言うならば彼女は「バイリンガルの帰国子女」というわけだが、もちろんそのころにそんな便利な言葉はなかった。

「やだァ。私、知らないからね」

外人教師はようやく窓辺から離れると、段ボール箱を机の上で開いて、教材を配った。動作はいちいち不器用で、明らかに萎縮しているふうだった。

前の席から回されてきた教本に、僕らは面食らった。文庫本のサイズの小説で、表紙はオードリー・ヘップバーンの写真である。

「ティファニーで朝食を《Breakfast at Tiffany's》」の原書だった。おしきせのO・ヘンリーやサマセット・モームを予想していた級友たちは、みな喚声を上げ、後ろの席では誰かがアンディ・ウィリアムスの声音を真似て、「ムーン・リヴァー」を歌った。

「ビー・クワイエット」

ドクター・ハリーは教壇に上がると人差指を口に当てて言った。それから、とうてい聞きとることのできない速度で、何ごとかを真剣にしゃべり出した。

「おい、リサ。何て言ってんだよ、あいつ」

僕が背中をつつくと、理沙はしばらく耳を澄ませてから振り返った。

「これはね、映画でヒットしたけれど、原作はトルーマンなんとか、っていう現代作家の書いた、ちゃんとした小説なんだって。高校二年生が読むのにはちょうどいいらしい」

彼の勝手な演説には誰もついて行けないから、僕らの周りには自然と頭が集まった。

「ええと……アハン。今度は自己紹介よ。ハリソン・マクベイン。マンチェスター生まれの二十九歳、独身。オックスフォード出身、って、けっこうエリートじゃないの。日本語、ぜんぜんしゃべれないけどごめんなさい、って言ってる。アハン。なるほど――」

「おい、リサ。ひとりで納得するな」

「はいはい。このトルーマンなんとかは、すばらしい作家だから、きっとこの小説を通して私と君たちとは良い友人になれるでしょう、って」

「ばっかくせえ」

と、良次がリーゼントをかき上げた。

「言葉が通じなくて、どうやって授業するんだよ。テスト、どうすんだ。あ？」

「そんなの私に言われたってしょうがないわよ」

「おまえはいいよな。けど、俺たちみんな週に四時間もわけのわからねえ授業に付き合わされるんだぜ。やってらんねえよ」

教室は良次と同じ不満でどよめいた。たしかに一年のときとは打って変わった受験態勢に入るはずの僕らにとって、週に四時間の空費は痛手にちがいない。ましてや僕や良次のように私大の推薦枠を狙っている中位以下の生徒にしてみれば、わけのわからぬテストをやらされることは重大なハンデキャップに思えた。

ハリソン・マクベインは教室のざわめきにうろたえていた。おどおどとした目付きで生徒たちを見渡し、それからおしゃべりの間隙を縫うように、また早口で話し出した。

「制服が珍しいって。何だか軍隊にいるみたいだって言ってる」

「知るかよ、そんなこと。じゃあ何か、セーラー服と金ボタンは、イギリスにゃねえんか」

「あったりまえじゃないの」

良次はこれ見よがしの大あくびをすると、机に俯伏《うつぶ》せてしまった。

「寝ようぜ、伊能。週に四時間の昼寝だ。それが一番かしこいよ」

それもそうだと、僕は辞書を枕にして長椅子に横になった。机の下に沈んでしまえば低い教壇からは何も見えず、教師が階段を登ってくることもまずない。

おそらく生徒の半分ぐらいは眠っていたと思う。僕は花の合間にのどかな青空の見え隠れする窓を見上げながら、次第に独り言のようになって行く教師の声を、聴くでもなく聴いていた。

課業終了のチャイムが鳴り、僕らはのろのろと顔を上げた。

「グッバイ、エブリバディ」

まるで溜息をつくように、ハリソン・マクベインは小声で言った。

「グッバイ、ドクター・ハリー！」

ひとりだけ、理沙が甲高い声で答えた。そのとたん、彼はいかにも救われたように、にっこりと笑った。

「グッバイ、ドクター・ハリー！」

僕らは一斉に、ほとんどやけくその声を揃えた。

その日からハリソン・マクベインは、「ドクター・ハリー」になったのだった。


ごく一部の越境通学者を除いて、僕らは成績の良し悪しに拘らず、ほぼ全員が慢性的な寝不足だった。

なにしろ校舎は赤坂のどまんなかで、六本木も青山も銀座も、目と鼻の先なのだ。生徒たちの多くは近在のマンションや官舎や社宅に住んでいる。だから放課後はまず喫茶店でコーヒーを一杯飲み、夜は夜でまた近所の友人同士が誘い合って、町にくり出した。

こうした特殊な高校生生活を、人は訝《いぶか》しく思うだろう。だがそれは、僕らにとって生まれついての環境であり、日常だった。非行とか不良とかいう基準は、全国平均的な環境をもとに判断されるものであろうから、僕らの日常生活にはまったく適さなかった。

もし平均的基準に則して「盛り場徘徊」や「不純異性交遊」が不良行為であるとするなら、僕らは家の玄関を出て歩き出したとたんに、全員が補導されなければならなかった。つまり、僕らは幼いころ駄菓子屋の店先にたむろしたように、紙芝居の後を追いかけたように、発展した町の中でごく自然にしゃれた酒場に出入りし、ディスコに通っていたに過ぎなかった。

夜遊びといっても、家の近所で遊んでいるわけだから、親たちもべつだん咎《とが》めはしない。夕食をおえる時刻になると、決まって小粋なおめかしをした友達が誘いにくる。いくつになっても子供のころと同じように門口に立ち、「しィんちゃん！」、などと大声で呼ぶのが、僕らのならわしだった。

もっとも、親たちが何ひとつ文句を言わぬわけではない。僕の家の場合、たいてい父は「酒は飲むなよ」「煙草は置いてけ」と言い、母は「早く帰って勉強しなさい」と言った。洒落者《しゃれもの》で見栄っぱりの祖父は必ず服装の点検をし、ジーンズやバスケット・シューズでの夜遊びを許さなかった。そういう服装は「ヨタ公のようななり」もしくは「おのぼりと間違えられる」のだそうだ。しかし帰りの時刻は何時になっても、せいぜい嫌味のひとつを言われる程度だった。

どの家でもそんなふうだから、僕らはみんな寝不足だったのだ。

そのころ、六本木の交叉点の近くの防衛庁の並びに、「ハニー・ビー」という店があって、僕らの夜遊びの根城になっていた。昼間はうまいホットドッグを食わせる喫茶店で、夜はしゃれたショット・バーに変わる。通りに面した窓は広いスモークド・ガラスで、外からは店内の様子が覗けない。いくら自由な高校生とはいえ、たまには生活指導係の教師もうろつくし、麻布署の少年課の私服刑事もいるから、その店の造作は好都合だった。

ハニー・ビーには、毎晩一ダース以上の仲間が集まった。


新学期が始まって間もないある晩のことだった。

僕と良次はハニー・ビーの窓際の指定席で、ブランデー・ジンジャーを飲んでいた。理沙はジュークボックスから流れるリズム・アンド・ブルースに合わせて、マンハッタン仕込みのステップを踏んでいた。他の連中もてんでに飲んだり踊ったりしていた。

人数がふだんより多かったし、みんなが流行の最先端のなりでバリッと決めていたから、たぶん土曜の晩だったのだろうと思う。

フーテンとかモッズとかアイビーとか、さまざまのファッションが混在していた時代だったが、六本木の子らには正統の流行があった。

髪はポマードでべっとりと固めたリーゼント。細い衿《えり》に浅いサイド・ベンツの入ったコンテンポラリィのスーツ。白のタブカラーのシャツに、衿幅と同じくらい細い無地のタイを締める。靴は通称「短ゲソ」と呼ばれたシンプルなプレーン・トゥーで、つまり全体的には極めてタイトでシャープな印象のあるスタイルだった。これら「正装」のうち、何かひとつでも欠けていれば「イモ」だった。

もともとは、六本木の重要なエキストラであるおしゃれな黒人兵が、リズム・アンド・ブルースのステップとともに持ちこんだもので、たしかにその格好でなければオーティス・レディングの曲には似合わなかった。

身なりさえそんな具合だから、僕らは極めて排他的な、独善的なグループだった。江戸ッ子の習性として、やたらと「地方人」を軽蔑した。もっともそんな僕らこそ「東京地方人」にはちがいなかったのだが。

嘘のような話がある。僕らはディスコや町なかで女を誘うとき、まず最初に家の所在を訊いた。もし多摩川や荒川の向こうであれば、「あっそ、じゃあな」だった。仲間のひとりが所沢の女と付き合っているという事実がバレて、長いあいだ誰とも口を利いてもらえなかったこともあった。そういう僕もいちど、うっかり住いを確かめずにホテルにしけこみ、帰りに送って行くよと言ったら家は川崎だと言うので、あわてて青山墓地に捨ててきたことがあった。

今では神話めいた話だ。

ブランデー・ジンジャーを舐《な》めながら、良次が素頓狂な声を出した。

「あれェ、あすこにいるの、ドクター・ハリーじゃねえのか？」

仲間たちはどやどやと、ランプシェードを映しこむ暗い窓辺に集まった。

通りの向かいの、キャラバン・サライの白い大看板の下に立っているのは、たしかにドクター・ハリーだった。新学期の初日に教室の入口でぼんやりと立っていた格好そのままに、ハリソン・マクベインはここがどこで自分が誰かもわからぬような顔で佇んでいるのだった。

ひとめ見て、仲間たちは笑い転げた。

「迷い子になっちまったんじゃねえのか？」

「デートよ、きっと。待ち合わせてるのよ」

「ばあか。あいつがそんなことすっか。キャラバン・サライの白い看板の下で？　八時に待ってます？」

「ほら、時計見たわよ。スージーが来るんじゃないの？」

「おまえ、行ってやれよ。グッド・イブニング・ドクター・ハリー、って。腰抜かすぜ、あいつ」

ドクター・ハリーが人を待っているのではないことは、すぐにわかった。肩から提げた革のバッグから地図を取り出し、通行人に道を訊ねようとしている。

「それにしてもよォ、先公のなりってのは、万国共通なんだなあ。だっせえ」

たしかに、ださい。季節はずれのツイードのブレザーにベルトレスのズボン。ワイシャツの襟は遠目にもよれよれで、まったくいいかげんな色のネクタイを、団子のように大きく結んでいる。

ようやくサラリーマンふうの通行人を摑まえて、地図を差し出す。英語を解さないのか、通行人は関りを避けるように去ってしまった。

再び、今度は若い女の二人連れに声をかける。これは少し話を交わしたが、結局訊ねる場所がわからなかったらしく、手を上げて行ってしまった。ドクター・ハリーは困惑している。

理沙が僕の肩に顎を乗せた。

「あァあ。行ってやんなよ、伊能君。先生、困ってる」

「何で俺があいつの道案内しなけりゃなんねえんだ。おまえ行け、通訳だろ」

「やめてよ。ただでさえあいつ、目付きが怪しいんだから」

実際、それまで何度か行われた授業で、ドクター・ハリーは理沙に頼りきりだった。

「なあ、あいつ誰かに似てると思ったらよ。P・P・M《ピーター・ポール&マリー》の、ピーターだかポールだかに似てねえか」

良次の言葉に、仲間はまたどっと沸いた。ちっとも似てはいない。口の周りをぐるりと取り巻いた髭だけ似ているのがおかしかった。

歩行者用の信号が変わって、ドクター・ハリーは地図を見ながら通りを渡ってきた。

「やべえっ、こっちくるぞ」

「向こうからは見えやしねえって。しかと、しかと」

ところが、ドクター・ハリーは通りを渡りきると、店のドアの前で立ち止まった。まん丸いメガネを青く染めて、ネオン管を見上げる。駐留軍の兵隊のために書かれたWELCOMEの看板を読む。

「わっ、くるぞ！　煙草《タンベ》かくせ」

仲間たちは暗い隅のボックスにちぢかまり、あるいはカウンターの止まり木に腰をかけて背中を向けた。

僕と良次と理沙は窓際の席でひらき直った。日本語もしゃべれないのだから、日本のモラルや法律など知るはずはあるまい。ましてやピンチ・ヒッターの講師の立場で、学校に告げ口などするわけはないと考えたのだ。そして何よりも、僕らははなからドクター・ハリーを舐め切っており、彼の前でおろおろと逃げ隠れしたくはなかった。

僕ら三人は決意を確かめ合うように、揃ってショート・ホープに火をつけた。

ドクター・ハリーはまったく迷い子の異邦人のように店内に入ってきた。

「ハアイ、ドクター・ハリー！」

理沙が煙草を指に挟んだまま手を振った。

ハリーはきょとんとこちらを見、思いのほか嬉しそうに、にっこりと笑った。

「ハアイ、リサ！」

それから僕と良次に気付いて少し考え、「イノ。オカダ」と、指をさした。

良次が囁《ささや》いた。

「けっこう勘がいいな。他の先公なら、すれ違ったってそうはわからねえぞ」

「クレヴァーなんだろ。名前を覚えてやがる。さすがオックスフォードだな」

ハリーには教師という自覚がまるでないらしかった。むしろ地獄に仏という感じで、僕らの席にやってきた。

説教をするどころか、渇いた咽《のど》を潤すようにビールを一気に飲み乾してから、ウイスキーを注文した。ロック・グラスでストレートをやりながら地図を開き、理沙に道を訊ねる。

「Pハウス、って、知ってる？」

一年ちょっと前までニューヨークにいた理沙は、あまり町を知らない。それは溜池《ためいけ》に向かう途中の裏道にある、ほとんど外人専用のライブ・ハウスだった。薬の売買で何度か摘発された危い店だから、僕らは行ったことがなかった。

「知ってるけど、何しに行くんだって訊いてくれ」

理沙はすばらしい英語で通訳をした。

「べつに用事はないんだけど、そこに行けば外国人が集まっているからだって」

僕と良次は顔を見合わせた。わざわざ不良外人の餌食《えじき》になるようなものだ。

「そこはあんまりいい所じゃないからやめろって。先公が不良とゴタゴタしてパクられでもしたら、シャレになんねえってよ」

理沙が通訳をすると、ドクター・ハリーはオー、と肩をすくめた。

「俺たちがもっと面白くて、ヤバくない所を案内してやるよ」

「ちょっと、伊能君。本気？」

「いいじゃねえか。どうせ遊びたくって出てきたんだろ。そのかわり、おごってくれよな」

僕の言う意味がすぐにわかったのか、理沙は片目をつむって笑った。べつにたかるつもりはない。一晩つき合わせてしまえば、学校に密告《チク》られる心配はない、というわけだ。

ドクター・ハリーはもろ手を挙げて喜んだ。いつの間にか、仲間たちは一人残らず消えていた。

僕らはさっそく良次のＮ３６０《エヌコロ》に乗って、まず青山のパルスビートへ行った。いきなり派手なディスコで気遅れするかと思いきや、ハリーは見かけに似合わず乗りのいいやつだった。若者たちに混じってがむしゃらな踊りを披露し、チーク・タイムにはプロコル・ハルムの「青い影」に合わせて、理沙を抱きすくめていた。

それから赤坂のムゲンに行き、仕上げはスペース24の狭い地下フロアで馬鹿騒ぎをした。

どうしても帰りたがらないハリーをようやく地上に引きずり上げたのは、真夜中だった。陽気ないい酒にはちがいないのだが、なにしろストレートを飲みっぱなしのハリーは、まるきり正体がなくなっていた。

一ツ木通りは煙るような雨だった。その晩、十回以上は繰り返し聴いた「ドック・オブ・ザ・ベイ」を大声で唄いながら、ドクター・ハリーは街路樹にしがみついたり、商店のシャッターの前に座りこんだりした。

酔っ払いの介抱などしたことのない僕らはすっかり辟易《へきえき》したが、相手が相手だからまさかほっぽらかして帰るわけにはいかない。ハリーは片時も理沙の手を放そうとせず、歌の合間に充血した青い瞳をじっとやさしい教え子の顔に据えて、「アイ・ラヴ・ユー」を連発した。扶《たす》け起こそうとする理沙の手を引き寄せて、唇を奪おうとする。そんなことを長く繰り返すうちに、良次は笑わなくなった。

「おいリサ。いいかげんに家《ヤサ》を聞けよ。送ってってやるから」

理沙のうなじを抱き寄せてハリーは何ごとかを囁く。何杯かのコーク・ハイで、理沙が酔っていることに僕は気付いた。

「まだ帰りたくないってさ。もう一軒案内しろって言ってる」

良次は二人の間に割って入るようにして、ハリーの腕を抱え上げた。

「調子に乗るなよ、先生。ゴー・ホーム。送ってってやるからよ、さあ立て」

やっとの思いでエヌコロの狭いリア・シートにハリーを押し込んだ。僕が助手席に座ると、良次は苛立たしげにアクセルを吹かして舌打ちした。

「おまえ、何で後ろに座らねえんだよ」

僕は良次のやきもちにまで気が回らなかった。二人が付き合い始めていることは知っていたのだが、僕らにとって仲間うちの特定の関係などは、とり立てて気に止めることではなかった。少なくとも僕らの中心的存在である良次と理沙が、たとえ付き合っているにしろウエットな感情をからめているとは思ってもいなかった。良次の嫉妬が、僕には思いがけなかった。

「まったく、やってらんねえよな。よう、先生。ヤサどこなんだよ」

良次はチューン・アップしたエヌコロのエンジンをやかましく吹かしながら、ルーム・ミラーの中で濡れたリーゼントに櫛を当てた。

ハリーと理沙は狭いリア・シートで、ぴったりと体を寄せ合っていた。

「檜町《ひのきちょう》の公園の近くだってさ」

良次は車を出すと、乱暴なUターンをした。

途中、まずいことになった。乃木坂に向かう道が深夜の帰り車で渋滞するうちに、リア・シートの雰囲気が怪しくなったのだ。

英語の囁きがふいに静まったと思うと、唇を吸い合う音がした。理沙は小さく「ノー」と拒むのだが、じきに女の匂いが車内に満ちた。ルーム・ミラーの中で、ハリーの禿頭と理沙の白い顔が重なっていた。良次は聞こえよがしの舌打ちを繰り返すだけで、振り向こうとはしなかった。

「よう、ちょっとまずいんじゃねえのか、良次」

「ほっとけ。リサのやつ、酔っ払うと見さかいがねえんだ」

良次はタブカラーのシャツの衿ボタンをむしるようにはずすと、耳を塞ぐようにエンジンを吹かした。

これはどうしても一悶着おきると、僕は覚悟した。良次にはけっこう硬派なところがあって、手は早い。おっとりしているように見えるが、川向こうから下品なトランザムをころがしてやってくる連中と殴り合ったのも、一度や二度ではなかった。

だが、その夜の良次は大したものだった。檜町公園の裏のマンションの玄関に車を止めると、すっかりでき上がった二人をリア・シートから引きずり出し、雨の中に置き去りにしてしまったのだった。

「じゃあな、ハリー。続きはゆっくりやれ」

車を出すと、良次は急に陽気になった。それから、僕らはアマンドの前で売れ残っていた田舎娘を乗せて東名を走った。二人組のどちらも、いつものように改めてジャンケンをする気にもならぬようなブスだった。

月曜の一時間目はホームルームで、制帽を廃止するべきかどうかという退屈なディスカッションをしてから、クラスの半数は分割授業を受けるために階段教室へ行った。

窓辺の桜はあらかた散って、若葉が繁り始めていた。

ドクター・ハリーはおとついの夜の出来事など嘘のように、いつもと変わらぬ生真面目《きまじめ》な顔で教室に現われた。

「バックレやがって。何がアイム・ファイン・サンキューだ。ご機嫌はてめえだけだよ」

良次は前の席の理沙に、聞こえよがしの嫌味を言った。

いきなりガリ刷りのテスト用紙が配られて教室はどよめいた。一方的な早口で説明をしたあと、いつものように「リサ、プリーズ」とハリーは言った。

「これは模擬テストだから、成績とは関係ありません。中間テストもこういうふうにやるってこと」

不満とも納得ともつかぬ声が上がった。答案用紙には「ティファニーで朝食を」の冒頭の一節が書き抜いてあって、ところどころに空欄がある。つまり、それを埋めよ、というわけだ。

なるほど、語訳も解説もなく、ひたすら本文を読むばかりの授業で、テストといえばそんな方法しか考えられない。

「ひでえなあ。本文を丸暗記してこいってわけか」

勉強の要領は悪くないが、時間をかけることの嫌いな僕にとって、それは致命的な出題方法にちがいなかった。空欄にはどうやら代名詞と接続詞と、小説的な言い回しの熟語を記入するらしいのだが、考えてわかる問題ではない。どうしても文章を丸覚えしなければならない。しかも、ひたすら読むばかりの授業だから、ページはどんどん先へと進む。中間テストまでには一冊を読みおえてしまうほどのペースだった。

「これじゃ、リサ。さすがのおまえもお手上げだな」

と、理沙の背中をボールペンでつついて、僕はぎょっとした。セーラー服のうなじに青黒いキスマークが浮いていた。たぶん、本人は気付いていないのだろう。

いったいどうしたらそんなところに唇が届くのだろうと考えると、柄にもなく胸がときめいた。

良次が襟首を覗きこむようにして囁いた。

「おいリサ。おまえ、泊まったんかよ。あいつのとこ」

理沙は少し答えをためらった。

「なんにもしてないよ。部屋まで連れてっただけ。やらしい想像しないで、良ちゃん」

「ふうん……部屋まで連れてったら、首に嚙みつかれたんか」

思い当たるふしがあったのか、理沙はハッとうなじに手を当てた。

「まったくよォ。外人はマナーが悪いよな。いきなりそんな格好はねえだろうが」

振り向きざまに、理沙は良次の頬を平手で叩いた。パシリと小気味よい音がして、教室のざわめきが一瞬静まった。

喧噪はすぐに戻ったが、ドクター・ハリーは青い目を瞠《みひら》いたまま、しばらく教壇の上で呆然としていた。


その後、理沙とドクター・ハリーの関係がどうなったかは知らない。僕らと理沙は学校でも間合いを置くようになり、放課後も別々に帰った。僕と良次の間でも、その話題はタブーだった。六本木のハニー・ビーにも、青山のパルスビートにも、理沙はとんと姿を見せなくなった。

いちどだけ、ドクター・ハリーと理沙が乃木坂の古いコーヒー・ショップで「まるで恋人同士のように」語り合っている姿を目撃され、ちょっとした噂になったことがある。だが、とりたてて詮索をしようとする者はいなかった。

校庭の桜や欅《けやき》の葉蔭もすっかり濃くなった、五月の連休のころだったと思う。

いきなりドクター・ハリーと理沙が、連れ立って僕の家にやってきた。

「ちょっと、早く早く。リサちゃんきれいよお」

と、母が梯子段《はしごだん》の下から僕を呼んだ。何ごとかと思ってスタジオに行ってみると、華やかなライトの下に、振袖姿の理沙が座っていた。たしかに見違えるほど美しかった。

半ばボケてはいたものの、明治生まれの職人である祖父は、そのころまだ現役だった。久しぶりのスタジオ撮影にうきうきとして、自慢のライカとローライを二台とも三脚に立て、けっこう流暢《りゅうちょう》な英語でドクター・ハリーに説明をしていた。戦後しばらく米軍キャンプに出入りしていた祖父は、英語の読み書きはまったくできなかったが、会話は僕などよりよほど上手だった。

母は祖父の指示に従ってライトを調整しながら、キャタツの上に座って理沙に見とれていた。悪い青春時代を送ったのと娘がいないのとで、母は振袖姿と見ればまるでスターでも見るようにうっとりと観賞する癖があった。

裾《すそ》に桜の紋様を散らした、深緑色の着物だったと思う。髪を結い上げ、白っぽい化粧をした理沙は別人のようだった。

「やっぱ日本の女は着物よねえ。リサちゃんアメリカ行って、すっかりバタ臭くなっちまったと思ってたけど、こうして見ると大和撫子《やまとなでしこ》よねえ。ね、おじいちゃん」

祖父も理沙の艶《あで》やかさに目を細めた。

「まったく、七五三の晴着を着て写真撮ったのが、夢みてえだなあ。すっかりいい娘になっちまって。女の子はいいよなあ、宮本さんちじゃ、可愛くて仕方あんめえ」

理沙はスタジオの暗幕の蔭で見とれる僕に気付くと、まるでどこかのお嬢様のように「ごきげんよう、伊能君」と言った。そこが僕の家であるということを知らされていなかったのか、ドクター・ハリーは一瞬ぎょっとし、それから意味ありげに片目をつむってみせた。

祖父はポートレートを撮影するとき、わざと客に話しかけて表情を和《なご》ませた。冗談はセリフのようなもので、客は気付かずに笑うのだが、実はいつも同じものだった。昔の写真家は人物の威厳をことさら尊重したから、今日では当たり前のこのテクニックも、祖父の世代ではかなり画期的なものだったにちがいない。作品が公けに賞讃されたことは一度もなかったが、祖父は名人だった。

「こんなきれいなお友達の写真をみやげに持って帰ったら、家庭争議になりァしねえかい」

たしかにキャンプの米兵は、帰国に際してしばしば和服姿の女の写真を撮りにきた。そういう女性を調達するのは難しいから、出来合いのブロマイドを店に置いていたこともあるほどだ。

ちょっと憮然とした理沙の通訳を聞くと、ドクター・ハリーは声を上げて笑った。頭が禿げ、口のまわりにぐるりと赤い髭を生やしたハリーは、実際の年齢より五つ六つは老けて見えた。

「彼、まだ独身なんです」

「あ、そいつァ失礼。どうも外人さんは齢がわからねえ」

シャッターの合間に理沙の言った一言に、僕はぎくりとした。

「それに、私と彼、お友達じゃないの」

え？　と祖父はローライのファインダーから顔を起こした。母はキャタツに跨《また》がったままあやういぐらいに愕《おどろ》いた。僕は祖父の背中に回って理沙の方を向き、「バカ」と声を出さずに言った。

理沙は近所のマンションに住んでおり、母親どうしは仲が良かった。アメリカに行っていた五年間を除けば、僕の家と理沙の家は家族ぐるみの親しい付き合いをしていた。

僕の狼狽など目に入らぬように、理沙はさらに言った。

「私と彼、そういう関係なんです」

バカヤローと、僕は心の中で叫んだ。自分の恋人を他人に紹介したい気持ちというのは、まあわからぬでもないが、表現が悪すぎる。いや、それよりも何よりも、そういう関係であってはならない二人ではないか。

「……おうちの人、知ってるの？」

と、母はキャタツの上でしみじみと訊ねた。

「紹介はしてません」

できるわけねえだろ、と僕は思った。

「じゃ、内緒にしとこうね」

おしゃべりでお節介の母が、そんな約束を守るとはとうてい思えなかった。睫毛《まつげ》を伏せて照れる理沙の表情は、まことに意外な、恋する娘のそれだった。

「いいねえその顔。リサちゃんはベッピンだねえ。ハイ、そのまま目を上げてえ」

と、祖父はシャッターを押し続ける。言わでもの告白をしてしまったことで、理沙は明らかに高揚していた。輝かしいライトと人々の愕《おどろ》きとが、いっそう理沙の理性を失わせていた。

「ハイ、リサちゃん。おばさんの方を見てみよう。いいね、いいよ。で、彼とはどこで知り合ったんだね。ニューヨークかい？」

とっさに僕は、祖父を張り倒そうと思った。

「そうよ。どこで知り合ったの、リサちゃん」

祖父は仕事だが、母はただの興味にちがいなかった。理沙はまるで悪魔たちの誘いに乗る少女のように、にっこりと笑った。

「これだけは内緒よ、おばさん」

やめろリサ、と僕は祈った。

「はいはい、内緒ね。約束するわ」

母の口元が暗い興味に歪んでいるのを僕は見逃さなかった。

「ぜったいによォ。バレたら大変なんだから」

「大丈夫。おばさん、こう見えても口が堅いのよ」

「びっくりしないでね」

「びっくりなんかするものですか。惚れたはれたでいちいち愕いてたら、この子の親なんかつとまらないわよ」

ハッハッ、と母はキャタツの上で笑った。

「高校の先生。サイドリーダーを担当してるハリソン・マクベイン先生です」

母は驚愕した。

「おい、本当かい」

と、祖父は不穏な目つきで僕を振り返った。ことのなりゆきがわからぬドクター・ハリーは、長身を屈《かが》めてガラスケースの中の古写真に見入っていた。

「うそうそ。冗談だって。なあリサ、うそだよな」

すっかりうろたえた僕の言い訳は、目の前のライオンを猫だと言い張っているぐらいの説得力しかなかった。僕に睨みつけられて、理沙はようやく失言に気付いたように口をつぐんだ。

「ま、そんなこたァどうだっていいやな。ともかく撮影終了。ごくろうさまでした」

そう言って機材を片付ける祖父の表情には、どうでも良くはないという憤りすら感じられた。母はドクター・ハリーの背中を見つめたまま、しばらくキャタツから下りてこようともしなかった。

その夜、僕は母と祖父と、出先から戻って事実を知らされた父とに取り巻かれて、執拗に尋問をされた。

秘密が守られたかどうかはわからない。だが少なくとも僕の知る限り、僕らをめぐる日々は何ごともなく過ぎて行った。

おそらくは事実の重大さが、おしゃべりな家族の口をも閉ざしてしまったのだろう。


中間テストが近付いたころ、上の学年を担当していたミスター・ジョーンズが学校に戻ってくるという噂が立った。

何でも突然の帰国は結婚のためで、三ヵ月の勝手なハネムーン休暇をカリフォルニアで過ごしたあと、新妻を伴って再び日本の教壇に復帰するということだった。

僕はドクター・ハリーが嫌いではなかった。少なくとも進学校の聖者のような教師たちよりは、酔って騒いだあげくに教え子とセックスしてしまう彼の方が、ずっと好きだった。

もうじきお払い箱という噂が立ってからも、ドクター・ハリーは相変わらず、トルーマン・カポーティの小説を読み進むばかりの授業を続けていた。

中間テストの前日のことだった。

折目正しい、ブリティッシュな発音で長い小説の最後の部分を僕らと唱和しながら、ハリーは珍しく教室の階段を登ってきた。

「ウェイクアップ。イノ。オカダ」

朗読の続きのようにハリーは言い、友人たちは大笑いしながら、「ウェイクアップ。イノ。オカダ」と声を揃えた。

良次は俯伏《うつぶ》していた顔を上げ、僕は長椅子からはね起きた。

「イフ・ユー・ドゥ・サッチ・ア・シング――」

そんなことをしていると、ミスター・ジョーンズに叱られますよ、とハリーは僕たちに言った。それから良次の教本を手に取ると、あるページの肩をそっと折って、机の上に戻した。

やった、と僕らは顔を見合わせた。それが僕と良次の友情に対する感謝か、口止めの報酬のつもりかはわからない。だがともかくハリーは僕と良次だけに、中間テストの出題箇所を教えてくれた。

怪しまれぬようにゆっくりと教室を一巡して、ドクター・ハリーは教壇に戻った。腕時計を見、自分に残された最後の数分間を確かめてから、ハリーはそれまで一度も使ったことのない平易な、噛んで含めるような英語でこう言った。

「短い間でしたが、古い宮廷詩《コーティ・ラヴ》の研究者の、退屈な講義を聴いてくれて、ありがとう。来週、ミスター・ジョーンズが帰って来て、私と交替します。みなさんの友情は決して忘れません。私の授業は、これで終わります」

中世の詩でも吟ずるように万感をこめてそう言いおえると、ドクター・ハリーは日本人の風習を精いっぱい真似た、不器用なお辞儀をした。まるで罪の懺悔《ざんげ》でもするように、長いこと禿頭を垂れてじっとしていた。

教室は妙にメランコリックな――いやそんな甘い感傷というより、沈鬱に静まり返ってしまった。わずか三ヵ月の間、しかもクラスの半数はずっと眠っていたというのに、そのとき教室全体を被った喪失感は、いったい何だったのだろう。

チャイムが鳴っても、立ち上がる者はいなかった。ドクター・ハリーがようやく頭を上げて教壇を下りたとき、良次が間合いの良い声を上げた。

「サンキュー・ドクター・ハリー。スィー・ユー・アゲイン！」

みんなが同じ声を揃えた。僕らはどうしてもそのときばかりは、「グッドバイ」とは言えなかった。

あのころの六本木の風景を、記憶にとどめている人は、もうそうはいないだろう。

今ではすっかり渋谷や赤坂や新橋の盛り場と光のパイプでつながってしまったけれども、四半世紀以上も前の六本木は、闇の中の食卓にぽつんと飾られた、花束《ブーケ》のような街だった。交叉点を五百メートルも離れれば、米軍キャンプや邸宅の木叢《こむら》が、深い眠りのように街の灯を蓋《おお》ってしまった。

キャラバン・サライの白い大看板は待ち合わせの場所で、砂漠を行く隊商を描いたスポット・ライトの下に、いつも大勢の若者たちが佇んでいたものだ。

彼らにはみな、不良少年という一言では言い表わしきれぬ、したたかな矜持《きょうじ》があった。コンテンポラリィのスーツを着、あるいは長いタイト・スカートに銀色のサンダルをはいた若者たちには、死んでしまったオーティス・レディングの嗄《しわが》れた歌声が、とても良く似合った。

僕と良次と理沙は、サイドリーダーの中間テストに百点をとった。答案を返すとき、事情を知らぬミスター・ジョーンズは「ベリー・グッド」を連発した。日ごろ僕らを目の敵《かたき》にしている担任は、多分に怪しみながらも、「やればできるじゃないか」とひどいことを言った。

もっとも、その成果は一回限りの奇蹟にはちがいなかったが。

テストの終わったあとの、空虚でけだるい雨の晩だったと思う。僕ら三人は、ハニー・ビーの窓辺の椅子に腰かけて、ぼんやりと濡れた街路に目を向けていた。

恋人たちの間に、いったいどんな時間が過ぎたのかは知らない。ハリソン・マクベインがお払い箱になってから、理沙は何ごともなかったように僕らの仲間に復帰していた。

僕らは理沙の潔さと誇らしさに敬意を持たねばならなかった。それはつまり、「何ごともなかった」と思いこむことだった。

海の話をした。梅雨が明ければ、青くさいロマンスなどくそくらえの、僕らの夏が来る。今年は新島《にいじま》に行こうぜと、良次は理沙を口説いた。思いがけぬハプニングで中断してしまった理沙との関係を、良次は痛ましいほど誠実に、回復しようとしていた。

「私は、かまわないけどさ……」

理沙は小さな顔を掌《てのひら》に載せて、良次の誘いに応えた。

「けっこうカッコいいね、良ちゃんて」

「あったりめえだよォ」

良次は笑いながら、リーゼントを梳《す》いた櫛の先を窓の外に向けた。道路には下品なシャコタンのカマロとムスタングが止まっていた。派手なアロハにマンボズボンをはいた男たちが、通りすがる女を物色している。身なりも車のナンバーも、他県のものだ。

「まったく、だっせえよなあ——」

僕の勝手な想像だが、たぶんそのとき良次は、「男も車も、メイド・イン・ジャパンがいいに決まってらあ」、とでも言おうとしたのにちがいない。

僕らは言葉に詰まって、ぼんやりと雨の町を見た。ふいに理沙が、掌から顎を上げた。

「見てよ、ポンコツのローバーが止まってる」

理沙の指先を追って、僕と良次は顔を見合わせた。向こう岸のキャラバン・サライの看板の下に、ハリソン・マクベインが立っていた。

骨の折れた傘といい、しわくちゃのトレンチ・コートといい、それはまさしくポンコツのローバーかオースチンだった。

「車ひろおうとしてんだよ。あそこは客を乗せちゃいけねえんだ。わかってねえんだろ」

良次はそう言って、「行って教えてやろうぜ」と立ち上がった。

理沙は良次を見上げて、悲しげに微笑《ほほえ》んだ。

「私は、いいよ」

「何言ってんだよ。もう一生会わねえかも知れねえんだぜ」

ハリーは大きなスーツケースを曳《ひ》いていた。だからこそ僕らが良次の提案に従うには、勇気が必要だった。

「なあ、カッコつけようぜ」

良次は理沙の腕を摑んで、傘もささずに店から走り出た。

渋滞した車の波をかきわけて、僕らは通りを渡った。僕らに気付くと、ハリーは一瞬身の置き所を失ったような顔をし、禿頭をちょこんと下げた。

「羽田に行くんなら、交叉点の向こうからバスに乗って、浜松町からモノレールで行けって。そう言ってやれ」

理沙はハリーのさしかける傘の下に入ると、その通りの通訳をした。

「やっぱ、帰るんだってさ。羽田に行くって……」

言いながら、理沙はべそをかいた。僕らがうすうす感づいていた通り、理沙とハリーの間にはやはり別れの言葉のひとつさえなかったのだろう。

僕らは交叉点を横切って、東京タワーがすっぽりと収まる大通りを歩いた。僕と良次は重いスーツケースをごろごろと引きずりながら、自慢のリーゼントを台無しにした。理沙とハリーはひとつの傘を中にして、ずぶ濡れで歩いていた。

道路はひどい混雑で、バスはなかなかやってこなかった。良次はポケットに両手をつっこんで、降りしきる雨を見上げていた。誰よりもキザで見栄っぱりで、いつも格好ばかり気にしている良次は、そうして長い間、何かを考えていた。

雨粒に顔をさらしながら、良次はふいに言った。

「話変わるけどよ、先生。あの小説、映画とぜんぜん違うじゃねえの。最後んとこ」

理沙が伝えると、ハリーは困った質問に少し考えこんだ。「ティファニーで朝食を」のラスト・シーンは、別れるはずであった恋人同士が雨の路地で熱い接吻をかわすという、ハリウッド流のハッピー・エンドになっていた。だが、カポーティの原作によると、恋人たちは何ごともなく永遠に別れてしまう。

「それは、映画と小説とのちがいだって」

と、理沙がまったく答えにならぬ答えを通訳した。

「カポーティもハリウッドも、センスが悪いよな。俺だったら、キスをしてから永遠にサイナラだ」

よく米兵がそうするように、良次は肩ごし親指を立て、首をかしげてみせた。

バス停のうしろに、まったくころあいの路地があった。

「ホワイ？」

ハリーは言った。

「なぜかって訊かれても困るぜ、先生。おまえら、カッコ悪いんだよ。じゃあな、グッバイ・ドクター・ハリー」

良次はそれだけを言うと、僕の肩を引き寄せて歩き出した。

しばらく行ってから、僕はどうにも気になって雨の中を振り返った。

バーの看板の白い光が溢れ出る路地の入口で、二人は映画のラスト・シーンそこのけに見つめ合っていた。

はたして傘を放り捨てて接吻をしたかどうか——その先は知らない。

雛の花

僕の祖母は美しい人だった。

幼いときに亡くなってしまったから筋道の立った記憶はあまりないのだが、凛《りん》としたいずまい、たたずまいはふしぎと心に刻みつけられている。

つれあいに先立たれたのち長寿を全うした祖父は、その晩年、口癖のように言っていた。

おまえが面食いなのは、ばばあに育てられたからだ、と。

そんな祖父の言葉が少しものろけに聞こえなかったのは、子供の目から見ても祖母が掛け値なしに美しい人だったからだろう。

祖母は明治二十八年の未《ひつじ》の生まれで、祖父よりも二つ齢上《としうえ》だった。

僕の生家は幕府の御家人の血筋で、祖父は終生それを矜《ほこ》りとしていたのだが、祖母の出自は知らない。

ただ、おっとりとした性格の祖父に比べ、鉄火な姐御《あねご》肌《はだ》だったことにまちがいはない。祖父の恐妻家ぶりは近所でも有名で、実際つれあいに怒鳴りつけられてちんまりと大人しくなってしまう祖父を見るにつけ、僕は子供心にも、齢上の女房をもらうのはやめようと思ったものだ。

祖母はいつも着物を着ていた。

真夏には、彼女自身が「アッパッパア」と呼んだ、寸たらずのムームーのような普段着を着ていた記憶はあるが、それもよほど蒸し暑い日の夕涼みなどに限られていたと思う。たいていは糊のきいた浴衣《ゆかた》か品の良い単衣《ひとえ》物を着、外出のときは藍か黒の絽《ろ》の着物に、レースの飾りのついた日傘をさした。

背の高い人だったような気がするのは、僕が小さかったからだろうか。あるいは姿勢の良い人だったせいかもしれない。たぶん祖母はいつも凛と背筋を伸ばして、小さな体を大きく見せていたのだろう。

祖母の思い出といえば、いちどこんなことがあった。

赤坂見附の交番の脇で立小便をした子供がいた。お節介な通行人からわざわざ学校に通報があり、朝礼のあとで犯人捜しが始まった。

叱らないから手を挙げなさいと、全校生徒に目をつむらせたところ、潔く白状する者がいなかったので、校長もむきになったのだと思う。

詮議《せんぎ》はことのほか厳しかった。通学路、服装、持物、おおよその学年、などという目撃者の証言から、容疑者がしぼりこまれていった。

身に覚えのないまま、僕は最後の数名に残されてしまった。つまりその数名が、「赤坂見附の交叉点を通って帰宅し、半ズボンに白いシャツを着た男子」だったのだ。

犯人がわかるまで授業は始めない、と校長は言った。子供らは長いこと校長室に立たされていた。

僕がありもせぬ罪をかぶって「僕がおしっこをしました」と白状したのは、青くさい正義感からではない。長い詮議の間にトイレに行きたくなってしまい、ことのなりゆき上その場で、まさか「トイレに行きたい」とは言えなかったから、ならばいっそのこと、と考えたのだ。

校長も教員たちも、約束通り僕を叱ろうとはしなかった。ただ、トイレに行ってすっきりとしてしまうと、事情が事情とはいえ、冤罪《えんざい》を買って出てしまった自分が情けなくなった。教室に戻ってからも、今さら言いわけもするわけにはいかないので、級友たちの衆視の中でずっと泣いていた。そうして泣けば泣くほど、僕の罪は確定的なものとなった。

家に帰って、祖母に訴えた。

「そりゃあ、おまい。やってもいないことをやっちまったって白状したおまいが悪い。くやしいだろうが了簡《りようけん》しない」

僕は了簡できなかった。そこで、少しきれいごとを言った。

「したっけおばあちゃん。誰かが白状しなけりゃ、授業も始まらないし、給食も食べられないだろ。みんなおしっこしたかったのに、がまんしてたに決まってるしさ」

とたんに祖母の顔色が変わった。物も言わずに梯子段《はしごだん》を駆け上がると、たちまち絽《ろ》の着物に夏羽織をはおり、あわただしく髪を結いながら下りてきた。

「なにボサッとしてるんだい。おばあちゃんが白黒つけてやる。一緒にきないっ！」

僕は炎天下の麻布十番の商店街を、祖母に引きずられるようにして走った。

祖母は本当に白黒をつけた。案内もなく校長室に飛びこむや、折よくソファで対談中だった校長と教頭を、頭ごなしに怒鳴りつけたのだった。

たしかこんなことを言ったと思う。

「さて、校長さん。きょうはうちの可愛い孫を、よってたかって小便小僧にしてくれたっていうじゃあないですか。この子はちょいと男気を見せて、してもいないことをあたしがしましたと格好つけたそうですが、それはそれで、まあようござんしょう。立派なもんでございますよ。だがね、校長さん。女が人前で尻を出すならまだしも、大の男が見附の十文字で金玉さらして立小便するってえの、いったいどこが都合悪いんでござんしょうかね。どこぞの御曹子《おんぞうし》でもあるまいに、そんなささいなことで授業はやらねえの、給食は食わせねえの、はばかりも行っちゃならねえの、この子がみんなのためによかれと言ったたって、あたしァ了簡できない。ささ、校長だか教頭だか知らないが、どう考えたって非はそちらさんだ。この場に手ェついて、悪うございましたとあやまってもらいましょう。あたしにじゃないよ、うちの孫にだよっ！」

だいたいそのような内容だったと思うが、祖母は校長と教頭が僕に向かって頭を下げるまで、息もつがずにまくしたてていた。

押しまくられた二人が詫びを入れると、祖母はソファに腰を下ろして、しばらくの間おだやかな対話をした。さすがにそのまま立ち去ったのでは後生《ごしょう》が悪いと思ったのだろう。

祖母は古い東京の思い出話をし、校長は戦時中の学童疎開の苦労譚《くろうたん》を語っていたような気がする。

その間祖母はずっと、象牙《ぞうげ》の吸い口に両切のいこいを立てて、伝法な感じで煙を吐き続けていた。

白い二の腕を撫《ぶ》しながら斜《しゃ》に構えた祖母の姿は、うっとりと見とれるほど美しかった。


そのころ、祖母はいくつだったのだろう。

昭和三十六、七年の出来事だとすると、明治二十八年生まれの祖母はすでに六十の半ばを過ぎていたことになる。

だが、とてもそんな齢には見えなかった。豊かに結い上げた髪は、まったく烏《からす》の濡《ぬ》れ羽《ば》いろで、肌にはしみひとつなかった。

そのころの年寄りは、今とはまるで老け具合がちがっていたから、はたから見ればたぶん化け物のような若さだったろうと思う。

僕はしばしば息子にまちがえられたし、母とは姉妹のようだったし、とりわけ養子だった父は、またばあさんの亭主にされたと、よく愚痴をこぼしていた。

麻布の写真館主という職業がら、洒落者《しゃれもの》だった祖父はやはり年齢より若く見えたが、それでも二歳齢下にもかかわらず、夫婦が並べばお似合いの齢回りに思えた。ただし、互いに口をきかずにいればの話だが。

祖母がその昔深川の芸者だったということを知ったのは、亡くなってからずっとのちだった。たしか母と芝居を観に行って、幕間《まくあい》の弁当を食いながら聞いた。

家族は、あえて子供には知らせるべきではないと考えていたのだろうが、僕は愕《おどろ》くよりむしろ、祖母のその出自を誇らしく思った。

深川の芸者といえば、向こうっ気の強さと粋《いき》な趣味で知られた「辰巳《たつみ》の鉄火芸者」のことだ。何だか胸のつかえが下りたような気がした。

その日の演目は当代菊五郎の弁天小僧だった。空席になっていた大名跡を襲名したのちのことだから、僕は二十歳を過ぎていたと思う。

祖母も母も音羽屋《おとわや》一門が贔屓《ひいき》で、団十郎の荒事《あらごと》も上方《かみがた》の和事《わごと》もあまり好まず、ひたすら江戸の世話物を愛した。

梅幸はどうして菊五郎を名乗らないんだろうねえ、と祖母がよく言っていたことを、僕は思い出した。名女形《おやま》と謳《うた》われた七世梅幸が、祖母は大の贔屓だったのだ。

その子供が堂々と七代目菊五郎を名乗って弁天小僧の大舞台をつとめるさまを、僕は胸を熱くして見つめた。

たいそう間合い良く、「音羽屋ッ！」と女のかけ声がかかって、僕と母は同時に大向こうを振り返った。かんと冴えた甲高《かんだか》い声音《こわね》が、祖母と似ていたからだ。

「そんなはず、ないわよねえ」と、母は笑った。

僕はそのとき、自分が一階の一等席で芝居を見ていることを、少し恥じた。万事に派手好みだった祖母は何につけても上等でなければ気が済まなかったのに、こと芝居に限ってはいつも三階の大向こうに席を取った。

急勾配の闇の奥から、「音羽屋ッ！」と叫ぶ祖母のかけ声は、大向こうの通《つう》さえも一斉に振り返らせるほどの、実にいい声だった。


祖母と芝居を観に行った帰りがてら、銀座で寿司を食ったことがある。

ちょうど夕方のかき入れどきだったのか、店内は混んでいた。席についたとたん、ものの数分で寿司が運ばれてきた。腹をすかしていた僕がさっそく手を出そうとすると、祖母はきつい声で言った。

「食べちゃいけないよ。出よう」

「どうしてさ」と、僕は訊ねた。

「どうもこうも、ともかく食べちゃいけない——ねえさん、おあいそ！」

祖母は蟇口《がまぐち》から千円札を出して卓に置き、「釣はいらないよ」と捨てぜりふを残して店を出てしまった。

やはり暑い夏の日だったと思う。祖母はレースのパラソルを不機嫌そうに回しながら、僕の手を引き寄せて言った。

「座ったとたんに出てくる寿司なんてあるものか。あれははなっから握ってあったんだ。いくら忙しいからって、お客をこけにしちゃいけない——おなか、すいたろう。鰻《うなぎ》でも食べようか」

うまいかまずいかという話ではなかった。祖母は客の顔も見ずに寿司を握った、その性根が気に入らなかったのだろう。

しばらく大通りを歩いて、祖母の行きつけらしい鰻屋の暖簾《のれん》をくぐった。

女将《おかみ》らしい中年の女が出てきて、「きぬさん、お達者で何より」とお愛想を言った。ひどく暇な鰻屋で、女将は卓のかたわらに立ったまま、長いこと祖母と世間話をしていた。

鰻はなかなか出てこなかった。僕は空腹に耐えきれず、祖母のたもとを引いて、「遅いね、おばあちゃん」と言った。

とたんに、祖母は僕の手の甲をいやというほど叩いた。

女将はくすっと笑って奥へ入って行った。叱られた理由が僕にはわからなかった。

「おまい、鰻屋で早くしろは口がさけたって言うんじゃないよ」

「どうしてさ」

「うまい鰻はそれだけ手をかけて焼くんだ。鰻の催促は田舎者ときまってる」

早い寿司は食うな、遅い鰻は催促するなと、江戸前の作法とは何とやかましいのだろうと僕は思った。

「ちょいとの間《ま》、これで辛抱おし」

と、祖母は僕の口にドロップを入れてくれた。鼻につんと抜ける薄荷《はっか》の香りを渋茶で味わいながら、僕はそのときもやはり、ガラス越しの西日に隈取《くまど》られた祖母の顔を、美しいと思った。


劇的な記憶が、ひとつだけある。

亡くなるほんの半年か、一年たらず前の出来事だったと思う。

そのころ突然と、張りのある祖母の声が嗄《か》れた。咽《のど》の痛みを訴え、いつも飴《あめ》をなめるようになった。大の医者嫌いだった祖母は、父や母がいくら勧めても頑として病院に行こうとはしなかった。

いちど、むりやり連れ出そうとした祖父と摑《つか》み合いの喧嘩になり、スタジオのスポット・

ライトを割ってしまった。勢い余って祖父の宝物であるライカを大上段にふりかざしたところで、家族はわあっと声を上げた。

「ばばあ、それだけは勘弁してくれ」

と、祖父も泣きを入れた。

「あ、そうか。こいつをぶちこわしたら、おまんまの食い上げか」

と、祖母はあっさり正気に戻った。

そんなふうだから、誰もその後は医者にかかるよう勧めたりはしなくなった。

三月の節句のころだったと思う。写真館という家業は、季節の折々の記念写真を撮るので、家に起こった出来事にはきちんと歳時記が付いているのだ。

たしかスタジオのスクリーンのうしろには雛飾《ひなかざ》りが用意されており、節句にふさわしい桃の花と、写真うつりの良い黄色の菜の花が大きな花瓶に生けられていた。

「祖母は何日も前から、日曜は歌右衛門《うたえもん》の先代萩《せんだいはぎ》を観に行くのだと、家じゅうに触れ回っていた。

芝居といえばいつもお伴をしていた僕は、当然連れて行ってもらえるものだと思いこんでいた。ところが当日になって、急に子供なんぞ連れて行かない、と言い出した。

歌右衛門の政岡《まさおか》なのだから大入りはまちがいない、切符がとれやしない、というわけだ。

よそいきの仕度までして店先に出ていた僕を宥《なだ》めながら、母が首をかしげた。

「大入りも何も、おかあさんはいつも当日売りの大向こうじゃないの。それだって何時間も前から並んでるくせに」

「歌右衛門の政岡を子供が観たって、何がわかるっていうんだい。立見のお客の迷惑じゃないか」

祖母は頑《かたく》なに言い張った。

「だったらおかあさん、それならそうと言い聞かせておいてくれりゃいいのに。何も出がけになって――」

「子供だって楽しみにしてるんだから、はなっから連れてかないっていうのはおまい、あんまりせつないだろう」

ぐずぐずと泣きながら、僕は祖母の様子が少し妙だなと思った。何につけてもまっすぐな気性の人で、もし正当な理由があるのなら、前もって僕を納得させておくにちがいなかった。祖母は嘘をついていると思った。

「こら、お客さんだぞ。静かにしねえか」

と、スタジオから祖父が言った。

「はあい、お嬢ちゃん。ここから鳩が出るよォ。いいかね、おいっち、にィ、さん！　ほら出た」

祖父の仕事ぶりをちらりと横目で見て、祖母はほうっと、背中を畳むほどの溜息《ためいき》をついた。それからしぶしぶ、僕の手を引いた。

その日、僕が歌舞伎座《かぶきざ》で目撃したことは、もしかしたら夢なのかもしれない。

美しい祖母にはそんな物語がさぞふさわしかろうと、勝手に思い描いたものを、記憶の一部として胸に塗りこめてしまったのかもしれない。

ロビーが薄紅の桃の花と、黄色い菜の花とで埋めつくされていたのも、夢だと言ってしまえばそんな気もする。

大向こうへの階段を駆け登ろうとする僕を、祖母のしわがれた声が呼び止めた。

「きょうはそっちじゃないんだよ。降りといで」

踊り場から振り返った僕は、ロビーの緋色《ひいろ》の絨毯《じゅうたん》の上に、ふしぎなものを見た。

ホームスパンの三ツ揃いの背広を着、ソフト帽とステッキを手に持った品の良い老紳士が、祖母に寄りそうようにして立っていた。

「お孫さん、かね？」

「はい。どうともついてくるって、きかないものですから。面目次第もござんせん。堪忍《かんにん》しておくんなさんし」

祖母は僕の肩を抱き寄せながら、そんなことを言ったと思う。

紳士は僕の目の高さに屈《かが》みこんだ。

「なるほど。写真屋さんに、よく似てるね」

眼鏡の奥のとろりとした瞳が、何だか魔術師のようで怖ろしかった。僕は祖母の着物の腰に身を隠した。

「御前《ごぜん》は、お孫さんは？」

「ふむ。末娘に先日、九人目が産まれた。君は何人かね」

「あいにく婿養子に甲斐性《かいしょう》がなくって、この子ひとりきりなんです」

「それはお淋しいな。だが、男子ならけっこうじゃないか。写真屋の跡も継げる」

「はてさて、どんなもんですか。今じゃどこの家にもカメラが行き渡っちまったようで、写真館なんて商売は婿の代まで持つかどうだか」

紳士は僕の頭を撫《な》で、ステッキと帽子を執事か秘書のような連れの男に手渡すと、両の掌《て》で僕の掌を握った。まるで女のように白く柔らかい掌だった。

「そのようなことで何かご苦労があったら、いつでもおいでなさい。家内も亡くなったし、誰に遠慮をすることもない」

祖母は僕の掌を紳士から取り戻し、きっぱりとした声で言い返した。

「御前に遠慮はしなくたって、亭主には遠慮しますさあね。どうかお気づかいなく」

祖母は背筋をぴんと伸ばして、紳士をきつい目で見おろしていた。

「やあ、これは出すぎたことを言ったな。許してくれたまえ——風邪をひいてらっしゃるのかね」

「いえ。芝居の観すぎで、すっかり声を嗄らしちまいました」

「さようか。体だけは大事にしたまえよ。私より先に逝《い》くようなことがあっては、困る」

祖母は立ち上がった紳士の目の前で、紅をひいた唇を袖に隠して笑った。

「またまた、お題目のようなことを」

「そのお題目を、私は朝晩となえておるのだが」

「この耳は、四十《しじゅう》年ぶりに聞きました。何だかちょいと嬉しい気もしますけど」

僕は紳士と祖母に両手を引かれて、一階の西の桟敷《さじき》席に入った。厚い扉を開くと、先代萩の絢爛《けんらん》たる大舞台が、眩《まば》ゆいばかりの間近にあった。花道に手の届きそうな大名桟敷だった。

座椅子《ざいす》を並べた席には菓子と茶道具まで置かれていた。祖母と紳士は僕を中に挟んで座った。

「桟敷から声を出すわけにも参りませんやねえ。もっとも、出そうにもすっかりつぶれちまってますけど」

僕の記憶ちがいでなければ、その日の先代萩は先代幸四郎の仁木弾正《にっきだんじょう》、勘三郎の細川勝元、八代目三津五郎《みつごろう》の渡辺外記《げき》という配役ではなかったかと思う。同じ演目はその後も数え切れぬほど観ているから、あまり自信はないが。

お目当ての歌右衛門扮《ふん》する政岡が花道に現われたとき、祖母はいたたまれぬように声をかけようとし、あやうく咳払《せきばら》いをして、僕に囁《ささや》いた。

「おまい、おばあちゃんが膝《ひざ》を叩いたら、声をおかけ」

そのころ、僕はときどき祖母の真似をして、大向こうから声をかけることを覚えていた。だが、目の前の花道をしずしずと往《ゆ》く当代随一の立女形《たておやま》にそれをするのは、男気が必要だった。

「成駒屋《なりこまや》、だよね」

祖母はさらに声をひそめて、僕に耳打ちした。

「どうせなら、大成駒、って言っておやり」

「おおなりこま？」

「そう。おばあちゃんが膝を叩いたら、思いっきり大きな声で、おおなりこまっ、て」

僕は胸を高鳴らせながら、祖母の合図を待った。

今から考えてみれば、当時まだ四十代の若さであった六世歌右衛門に、「大成駒」の声がふさわしかったかどうかはわからない。先代の団十郎や左団次もまだ健在だったろうし、同じ成駒屋一門には二世鴈治郎《がんじろう》もいたはずだ。だとすると、それは、稀代《きたい》の名女形の未来を予見する、祖母の炯眼《けいがん》だったのだろうか。あるいは中村歌右衛門の大名跡についで回るかけ声にすぎなかったのだろうか。

いずれにせよ大向こうでも聞いたためしのなかった「大成駒」の声を、一階の桟敷からかけるのは、相当に熟練した観客でも勇気の要ることだったろうと思う。

政岡が来た。武者ぶるいする僕の膝を、祖母の拳がこつんと叩いた。

「おおなりこまっ！」

われながらたいそう間合いの良い声が出た。まるで、つぶれた祖母の声が僕の口を借りてそう叫んだような気がした。

群衆の顔がいっせいにこちらを向き、そしてもし僕の思いちがいでなければ、花道の歌右衛門丈も僕の方を見て、一瞬ほほえんだ。

「おばあちゃんに、似てる……」

僕は呆然と、思ったことを口にした。本当にそう思った。

祖母はきょとんとして、僕の顔を覗きこんだ。

「お愛想かい」

「ううん。おばあちゃんに、似てるよ」

祖母はつなぐ言葉を呑《の》み下した。

「ありがとう……」

そう言って僕の掌を握りしめたなり、祖母はハンカチを取り出して目がしらを押さえた。

芝居が終わるまで、祖母は満足に舞台を見ようともせずに、ずっと泣き通していた。

僕が祖母の涙を見たのは、後にも先にもその日かぎりだった。

謎の老紳士と祖母は、それからほとんど言葉を交わさなかった。

芝居がはねて、僕らはたそがれの街に出た。黒塗りの乗用車が紳士を待っていた。

送ろうか、いやけっこう、というようなやりとりが、運転手の手で開かれたドアの前で、しばらく交わされたと思う。

やがて紳士は、悲しげな顔をして車に乗ってしまった。祖母は見送ろうともせずに、踵《きびす》を返して歩き出した。まるで一刻も早く人混みに紛れ入ろうとでもするようだった。

「きぬさん」

と、背中で紳士の声がした。

「おばあちゃん、あの人、呼んでるよ」

「もういいよ。行こう」

祖母の掌には力がなかった。少し歩いて立ち止まり、祖母は車を振り返った。

「きぬさん、きぬさん」

紳士は車の窓から身を乗り出して、祖母の名を呼び続けていた。その手には、桟敷を出るとき法被《はっぴ》姿の従業員が持ってきたみやげの花束が握られていた。白い紙でつかねられた、菜の花と桃の花束だった。

「あの人、お花くれるってさ」

祖母はふんと鼻を鳴らして、そっぽうを向いてしまった。

「おまい、もらってきない」

僕は祖母の手をほどいて車に駆け寄り、胸に余るほどの薄紅と黄色の花束を紳士から受け取った。

「きょうはお節句ですから、これ、おばあちゃんに」

紳士はそう言い残して窓を閉めた。車はすぐに走り去ってしまった。

祖母は振り向こうともせずに、人混みの中をぶらぶらと歩き出していた。

「地下鉄で帰ろうか。それとも都電に乗ろうか」

「僕、都電がいいな」

「そんじゃ、尾張町《おわりちょう》の十文字から乗ろう」

「尾張町って？」

「三越と服部《はっとり》の四つ角。四丁目のことさ」

祖母はひどく疲れ果て、やつれて見えた。

黙りこくって歩きながら、祖母は銀座四丁目の交叉点を右に折れ、地下鉄の入口も越してしまった。僕は抱えた雛《ひな》の花の香りを胸いっぱいに嗅《か》ぎながら、祖母の手をずっと握りしめていた。手を放せば、祖母が人波にさらわれてどこかに消えてしまいそうな気がしてならなかった。

「白木屋にでも、寄ってこうか」

祖母はあてどもなく、昏れなずむ銀座通りを歩いていたのだった。

「あの人、きょうはお節句だから、これおばあちゃんに、って」

祖母は答えなかった。白木屋も越してしまった。

日本橋のたもとまで歩いて、祖母はふいに立ち止まった。

「そんなもん、捨てちまいな」

意味がわからずにとまどう僕の腕から花束を抱き取ると、祖母は汚れた濠《ほり》の中にぽいと放り捨てた。桃と菜の花は灯《とも》り始めたネオンを映す水面にたゆたいながら、じきに橋の下に消えてしまった。

「何するのさ」

「子供の知ったこっちゃない」

祖母は欄干《らんかん》に肘《ひじ》を置いたまま、煙草を一服つけた。そして蟇口を開くと五百円札を取り出し、僕の手に握らせた。

「おまい、いい声だったよ。これはご褒美《ほうび》だ。それからね、きょうのことは誰にも内証だよ。いいね」

「どうしてさ」

祖母は少し考えるふうをした。

「あのおじさん、とっても偉い人なんだよ。だから芝居なんぞ見ちゃいけないんだ。いいね、おじいちゃんにもおとうさんにもおかあさんにも、言いっこなしだよ」

指切りをしたとき、祖母の目からまたぽろぽろと、涙がこぼれ落ちた。

それからどうやって家に帰ったのか、記憶にはない。

赤坂の更科《さらしな》で粋な猪口《ちょこ》切《ぎ》りの食い方を教わったのは、その帰《かえ》り途《みち》だったろうか。


祖母が入院をしたのは、それからいくらも経《た》たぬころだった。

病院は築地の国立がんセンターだったから、もちろん喉頭癌《こうとうがん》という病名まで知っていたのだろう。家族に黙ってこっそり検査に行き、勝手に日取りまで決めて、さっさと入院してしまったのだった。まるで熱海《あたみ》か鬼怒川《きぬがわ》にでも出かけるような気軽さだった。

その前の晩、祖母は改まって話があると、奥の間のちゃぶ台のまわりに家族を呼び集めた。話す前から家じゅうにしめやかな感じが漂ったのは、誰もが不吉な予感を抱いたからだろう。

灯明の炎が、濡れ羽いろの祖母の髪を背中から縁取っていた。

いきなり、こんなことを言ったと思う。

「いいかい、みんな肚《はら》くってお聞き。あたしァ癌だ。霞町のお師匠《つしょ》さんに、こんど築地にできたいいお医者を紹介してもらったから、そこで往生する。痛いの辛《つら》いのと、そりゃあ多少はじたばたするかもしらないが、お天道《てんとう》さんの決めたことだから、おまいさん方も孝養おさめだと思って了簡《りょうけん》しておくんない」

家族にとってはまさに青天《せいてん》の霹靂《へきれき》だった。悲嘆にくれるでも驚愕するでもなく、みなただ呆然とした。決して嘘をつかず、愚痴も言わずひたすら見栄を張り続ける祖母の性格は、誰もが承知していた。つまりその告白は、どうしようもないことだった。

「くそ。格好ばっかしつけやがって」

と、祖父は唸《うな》るようにようやく言った。


気丈な祖母は、翌朝早くひとりで入院してしまった。

裏木戸の軋《きし》みに目を覚まして、部屋つづきの物干場に出てみると、麻布十番の商店街の向こう岸を、風呂敷包みを提げて歩いて行く祖母の姿が見えた。

まだ暗いうちに起き出し、荷物をまとめてそっと出て行ってしまったのだ。それが家族に対する思いやりだったのか、見栄だったのかはわからない。

季節は夏のかかりだったのだろうか。まだ動き出さぬ商店街にはうっすらと朝靄《あさもや》がかかっており、納豆売りとしじみ売りが、甲高い声を上げながら店の前をすれちがった。

祖母は藍色の絽《ろ》の着物を着、浅葱色《あさぎいろ》の帯を締めていた。結い上げた髪と、ぐいと落とした後ろ襟のうなじが、眩ゆいほどに白かった。祖母は住み慣れた店を振り返りもせず、凛と背を伸ばして歩いて行った。

誰も見ちゃいないのに、と僕は思った。

切絵のように定まった祖母の後ろ姿は、花道を往く政岡のようだった。大成駒、という声が咽に詰まって、僕はかけ声のかわりに泣いてしまった。

誰も見ちゃいないのに、どうしておばあちゃんはあんなふうに歩くのだろうと思った。

その朝に見たことは、誰にもしゃべらなかった。家族は起き出してから祖母のいないことに気付き、大騒ぎをした。

おかあさん自殺でもするんじゃなかろうかと父が言い、祖父は答える間もなく父の頭を張り倒した。母はタクシーで築地に飛んで行った。

スタジオでどうしようもない言い争いをするうちに、祖父と父は祖母の忘れ物に気付いた。レースの日傘がスタジオの椅子の上に置かれていた。

「ばばあ、忘れていきやがった」

少し間を置いて、父がしんみりと言った。

「忘れたんじゃないよ。置いていったんだ」

野郎ッ、と祖父は日傘を振り上げたなり胸に抱きしめて、子供のように泣き出してしまった。

祖父がつっ立ったままぐずぐずと泣いている間じゅう、父はずっとその肩を抱いていた。

祖母は夏の終わりに死んだ。

急激に容態が悪くなって、あちこちにパイプをつながれるようになってからは、僕の見舞を許さなかった。だから、美しさを奪われた祖母の姿を、僕は知らない。

おかげで祖父の言った通り、面食いになった。

もしかしたら、夏休みの最後の日を、祖母は知っていたのかもしれない。夢うつつの中で、僕と芝居見物に行ったり、鰻を食ったり、十番の温泉につかったりしていたのだろう。

腎臓《じんぞう》がだめになって、顔がぱんぱんにむくんでしまってからも、ベッドの上に起き上がって象牙《ぞうげ》の吸い口に両切のいこいを立て、うまそうに喫《す》っていたそうだ。

痛いの一言ぐらい言ってくれりゃいいのにと、母は病院から戻るたびにいつも泣いていた。

祖母の死顔は美しかった。

葬儀の祭壇に、祖父は若い時分の祖母の写真を飾った。

おとうさん、いくらなんでもそりゃないでしょうと父が言い、祖父は答える間もなく父の頭を額縁の角で張り倒した。

のちに、その写真は祖父が大借金をして祖母を深川から迎えたときの、記念の一枚なのだと母に聞かされた。

写真の中の祖母はまだ二十代の若さだろうか。髪をかたぎの耳隠しに結った、映画女優そこのけの美しさだった。

ネガもないその古写真を、父は暗室にこもって見ちがえるように甦《よみがえ》らせた。引き伸ばされ、セピア色をすっかり除かれた写真を手にして、祖父は初めて「いい腕だな」と、婿養子を褒めた。

出棺の朝、僕にはどうしてもやらなければならないことがあった。

家じゅうを埋めつくしていた白菊の花が、祖母には似合わないと思ったのだ。それで朝早くから自転車であちこちを走り回って、花を探した。

桃の花か菜の花と言うと、どこの花屋でも笑われた。幼い僕は、花の季節を知らなかった。

渋谷まで行けばあるかもしれないと思い、懸命に自転車を漕《こ》いだ。東急文化会館の一階の花屋で、時ならぬ菜の花を見つけた。冷蔵庫の中に収まっていたのだから、造花ではなかったと思う。あるいは菜の花に似た、べつの洋花だったのかもしれないが。

ともかく僕は小遣いをはたいてそれを買い、汗みずくで溜池《ためいけ》通りを走って帰った。

出棺の時刻だった。行方不明の孫を頭ごなしに叱りつけようとして胸に抱いた花束に気付き、祖父はほいほいと声を上げて泣いた。

祖父にとっても、思い出深い花だったのだろうか。それとも祖母にふさわしい花だと思ってくれたのだろうか。

「桃の花も探したんだけど、なかったよ」

と、僕は言った。

棺の中に菜の花を入れたとき、桃の花が見つからなかったことを、祖母にすまないと思った。あの日、日本橋の上から捨ててしまった花束を、そのまま祖母の胸に置きたかった。まさか詮索《せんさく》をしたわけではない。祖母は捨てたくないものを捨ててしまったのだから、せめて同じようなものを持たせてあげたいと思った。赤や青のネオンを宿した祖母の涙が忘れられなかった。

祖母は近在の人気者で、出棺には大勢の人が集まった。

霊柩車《れいきゅうしゃ》には祖父が乗り、父母と僕はハイヤーに乗った。

商店街の道筋には、手古舞《てこまい》姿の芸者衆が並び、男衆の木遣《きやり》が朗々と唄われていた。車がクラクションを長く鳴らして店の前を出たとき、芝居仲間からさかんに、「きぬさんッ！」「日本一ッ！」「音羽屋ッ！」などと、威勢の良い大向こうの声が飛び交った。

僕はかたわらで写真を抱いたまま泣き続ける母に向かって言った。

「おばあちゃんは、音羽屋じゃないよね」

母は洟《はな》をすすって答えた。

「梅幸が贔屓《ひいき》だったんだから、音羽屋でいいんだよ」

「ちがうよ、おばあちゃんは成駒屋さ」

芝居通の母は、少し考えるふうをしてから、にっこりと笑った。

「ねえ、そう思うだろ。おばあちゃんは歌右衛門にそっくりだ」

言わねばならない言葉が、胸の奥深くからつき上がってきた。あの日と同じように、膝頭が慄《ふる》えた。

「おかあさん、膝たたいてよ」

「なに、それ」

「いいから、たたいてよ」

母はわけもわからずに、僕の慄える膝をこつんと叩いた。

僕はハイヤーの窓をいっぱいに開けて、風の中に身を乗り出した。

「おおなりこまっ！」

棺の中の祖母は、喜んでくれただろうか。あの日、歌舞伎座の西の桟敷でそうしたように、涙を流しながら「ありがとう」と呟いてくれただろうか。

日ざかりの街路を往く絢爛《けんらん》たる霊柩車の後を追いながら、おばあちゃんにはかがやかしい雛の花が似合うと、僕は思った。

霊柩車が十番の商店街を抜けるとき、辻に立った藍染半纏《あいぞめばんてん》の親方が、「いよっ」と叫んで千鞦楽《せんしゆうらく》の柝《き》を入れた。

遺影

祖母の四十九日の法要がすんだ、十月もなかばのことだったと思う。

鳥居坂の欅《けやき》も、青山墓地の桜も、霞町のプラタナスの街路樹も、秋の錦に色づき始めていたはずだが、そんな季節のうつろいが小学生だった僕の目に止まったわけはない。

おそらくは幼い日の思い出を美しい歳時記の中に留めおこうと、後年になってから錦繍《きんしゅう》の色やひんやりとした秋風や遥かな青空を、記憶の書割に運びこんだのだろう。

ともかく、そんな秋の日のことだった。

学校の帰り途、友人たちと別れて大通りをぶらぶら歩いていると、路側に止まった車の窓から、ふいに名を呼ばれた。

「伊能くん、伊能くん」

はい、と答えていったんは立ち止まったものの、僕はじきに気を取り直して歩き始めた。

悪辣《あくらつ》な誘拐殺人事件が世間を騒がせていたころのことで、子供らはみな神経を尖らせていたのだった。

黒塗りの乗用車は、歩み去ろうとする僕を追ってきた。

「伊能くん、忘れてしまったかな」

二度声をかけられてようやく思い当たった。いつぞや歌舞伎座の桟敷《さじき》席で一緒に先代萩《せんだいはぎ》を見た、祖母の旧知の人だった。

「お通夜もお葬式も、よんどころない事情があって失礼してしまった。遅ればせながらお線香の一本も上げさせていただこうと思ってね」

老紳士はひどく丁寧な山の手の言葉でそんなことを言ったと思う。

僕がとまどったのは、生前の祖母の声が甦《よみがえ》ったからだった。歌舞伎座の帰りに、祖母は老紳士から贈られた花束を日本橋の上から投げ棄ててしまった。

(きょうのことは誰にも内証だよ。あのおじさん、とっても偉い人なんだよ。だから芝居なんぞ見ちゃいけないんだ。いいね、おじいちゃんにもおとうさんにもおかあさんにも、言いっこなしだよ)

約束は守り続けていた。むろんそれは、祖母の言葉を鵜呑《うの》みにしたからではない。子供心にも、何となく祖母と老紳士ののっぴきならぬ関りを察知したからだった。

通夜にも葬式にも姿を見せなかった老紳士が、いきなりわが家を訪ねてきた。まるで身も蓋《ふた》もない話だと僕は思った。

「車で乗りつけるのも何だね。ここから歩いて行こう」

運転手が大きな外車のまわりをぐるりとめぐってドアを開けると、老紳士はプラタナスの枯葉を踏んで歩道に降りた。

ぴかぴかに磨き上げた革靴が、快い音を立てて軋《きし》んだ。

ここでしばらく待つように、と運転手に言い、老紳士は僕の肩に手を置いて歩き出した。

「おじいさんは、誰なの？」

と、僕は勇気をふるって訊かなければならぬことをはっきりと口にした。意表を突かれたように、紳士は僕を見下ろした。

「おばあさんの、古いお友達だよ」

「古いって、どのくらい？」

「君のおとうさんやおかあさんの生まれるずっと前」

紳士は犬の顔を象《かたど》った銀の柄のステッキをついていた。外套はまだ着ていなかったが、背広は温かそうなツイードの三ツ揃いで、チョッキのポケットには懐中時計の金鎖が下がっていた。

鍔《つば》を形良く折ったソフト帽といい、真白で豊かな口髭といい、昭和三十年代にしてもよほど大時代ないでたちだったと思う。

「ところで、おじいさんはお達者かね」

「おじいちゃんのこと、知ってるの？」

ろうね」

「はい、よおく知ってますよ。おばあさんに先立たれて、さぞがっかりしておられることだろうね」

「そうでもないけど。結婚式の写真とかで、今は忙しいから」

「おや――そうか。結婚式の季節か。もしやきょうはご不在かな」

十番の商店街に入ると、通りの先にショウ・ウィンドウを磨く祖父の姿が見えた。わけもわからずに僕の胸はどよめいた。何だか一悶着起きそうな予感がし、その騒動の元凶を僕が手引きしたような気がしてならなかった。

僕は紳士の手をすり抜けて祖父のもとへと走った。

「ただいま」

「おかえり」

まったく愛想というものを知らない職人気質の祖父は、僕の顔を見ようともせず、ショウ・ウィンドウの足元に屈《かが》みこんで、せっせとガラスを磨いていた。進駐軍の兵隊のために書きこまれた金箔文字は、祖父のこの几帳面《きちょうめん》な日課のせいですっかり剝《は》げ落ちてしまっていた。

「おかあさんは?」

「おつかいに行った。きょうはライスカレーだとよ」

「からいと、いやだな。こないだみたいに」

「おめえが食えねえから、からくするなって言っといた」

ショウ・ウィンドウには、膝の高さのガラスを磨く祖父の姿と、そのかたわらに立つ僕が映っていた。ケースの中には紺色のビロードのカーテンがかかっていた。

僕は商店街を振り返った。老紳士はややためらいがちに歩度を緩めて、すぐそこまできていた。

「おじいちゃん、お客さん……」

「あいよ。もうしめえだ」

革靴の軋みが近付いてきた。

「おじいちゃん……」

祖父の肩を揺すったとき、ほっそりと背の高い紳士のシルエットが、僕と並んでショウ・ウィンドウの中に立った。

祖父はガラスを見上げたなり手を止めた。僕らは誰も口をきかず、長いことポートレートのように動かなかった。

しばらくしてから、紳士がソフト帽のてっぺんをつまんで「やあ、ごきげんよう」と、間の抜けた挨拶をした。二人は僕を中に挟んだまま、またガラスの中で睨み合ってしまった。

祖父は膝を抱えるようにして屈んだきり、立ち上がろうともしなかった。

「この写真は、梶井さんでしょう。お懐しいね」

紳士はショウ・ウィンドウの中に金色の額縁で飾られた写真を指さして言った。

僕はちょっと愕《おど》いた。梶井伯爵は僕の家の東の丘に広大な邸を持つ旧華族である。そのころではすでに没落して、庭を切り売りしているという噂だったが、近在では「殿様」と呼ばれ、「おやしき」といえば丘の上の梶井家のことだった。

梶井さん、という親しげな言いかたに僕は愕いたのだった。

「殿さんはとうに亡くなっちまって、当代はサラリーマンだよ」

と、祖父はぶっきらぼうに答えた。

「これも、親方がお撮りになった？」

「そりゃあおめえ、よその写真屋の撮ったもんを飾るはずはあるめえ」

ううむ、と紳士は唸《うな》ったが、僕には少し芝居じみて聞こえた。

「相変わらずいい腕だねえ。梶井さん、まるで生きておられるようだ」

「おめえさんに、相変わらず、なんて言われるほど、おたがいいい付き合いをしてきたとは思えねえ」

祖父が唇をひしゃげて笑い、紳士もくすっと唇を被《おお》って笑った。僕はほっと胸を撫《な》で下ろした。

「そうはいうが、若い時分にはずいぶん親方に写真を撮ってもらった」

「それっぱかしの付き合いじゃねえか」

祖父は紳士の言葉を遮《さえぎ》ると、ようやく立ち上がった。二人とも不器用な笑い方をしていたと思う。それは日本語の皆目話せぬキャンプの米兵の、意味のない笑顔とよく似ていた。

店のドアを開けてから、祖父は背を向けたまま言った。

「線香を上げにきたんじゃねえのかい。まあ、お上がんなさい」

はあ、と紳士は気の抜けた返事をして、僕の肩を押しながら店の中に入った。

「近くを通りかかったものだから。つまらんものですが、これ、お供物に」

祖父はフィルムを収めたショウ・ケースを拭きながら、片手で菓子折を受け取った。包装紙にちらりと目を向けて、溜息まじりに嗤《わら》う。

「ここいらに文明堂はねえんだがなあ」

「そう詮索しなさんな。変わらないねえ、親方は——そうそう、お線香を上げさせてもらいたいのはむろんだがね、もうひとつお願いがある」

「何だね。妙なことは言い出さねえでくれよ」

「べつに妙なことじゃない。私の写真を一枚、撮っていただけないか」

ほう、と祖父は考え深げに紳士の顔を見つめた。

「そいつァまた、どういう風の吹き回しだい」

「いや、私も七十を越えてね。会社も倅《せがれ》に譲ったし、あとはお迎えを待つばかりの身の上になった。ところが、いざというときのいい写真がない」

「やれやれ……相変わらず面倒な人だねえ、あんたは」

「面倒、かね？」

「まさか写真を撮るのは面倒じゃねえよ。こちとら商売なんだから。あんたほどのお大尽がよ、くたばったときに飾る写真がねえなんて、そりゃあんまり話が見え透いてる。要は何だ、俺と手打ちがしてえと、そういうことだろう。ちがうかい」

「そのように思っていただいても、さしつかえないが……」

祖父は厳しい顔で紳士を睨みつけ、頑丈な顎を振って、「まあ、上がれ」と言った。


静かな秋の午後だったと思う。

紳士が仏壇に線香を上げて長いこと手を合わせているうちに、母が買物から帰ってきた。陽気な鼻唄が座敷の上がりがまちで止んだ。

「あら、まあ」

と、紳士の後ろ姿を見たなり、母は絶句してしまった。

「近くまでおいでになったもんで、立ち寄って下すったそうだ。茶を淹《い》れてくれ」

母の顔を見たとたんに、祖父の物言いはうって変わって丁寧になった。

「これは、突然お邪魔して申しわけない」

紳士は膝を揃えたまま振り返って、みごとな銀髪の頭を下げた。

「はあ、それはわざわざ、どうも――」

母は僕の目にもふしぎに映るほどうろたえていた。買物籠が倒れ、馬鈴薯が上がりがまちから転げ落ちても気付かぬほどだった。

「おまえ、覚えてるのか」

と、祖父は母に向かって訊ねた。

「ずいぶんとごぶさただろうが」

「ええ、そりゃ……ちっちゃいころには、よくお会いしたけど。おかあさんに連れられて、月にいっぺんくらい外でごはんをごちそうになって……ちょうどこの子ぐらいのときまでだったでしょうかねえ」

「それからとんとごぶさた、ってわけだ。てえことは、かれこれ二十年、いや二十五年ぶりか」

他人事のように祖父は言った。

中庭の柿の木が、役立たずの渋くて小さな実を、枝のしだれかかるほどたわわにつけていた。

茶を啜《すす》りながら、祖母の思い出話ばかりをしたと思う。母が病状の経過を語るにつれ、涙が乗りかかったように、紳士の瞳も潤んだ。

それから話題が芝居に移ると、紳士はときどき僕を見つめた。あの日のことは内証だよと、濡れた瞳が言っていた。

「私の家は梶井さんのように大名華族ではないからねえ。べつだんとりたてて血筋がいいわけでもなし、事業で爵位を授かった新華族というやつだから。それにしたところで、今さら家名が物を言う時代ではなし、倅に代を譲るときも、経営は古い番頭たちに任せて株主に収まった方がいいのではないかとね、さんざ考えたのですよ」

背筋は伸びていたが、紳士の体はどこかたいぎそうに、ゆらりゆらりと揺れていた。滑らかな高い声には力がなかった。

母が健康を気遣ったのは、そうした様子に気付いたからだろう。

「心臓の具合がね、あまりよろしくない。若い時分の無理が応えております」

「若い時代の道楽が、じゃねえのかい」

声を上げて笑う祖父を、母が膝をつついてたしなめた。

「そんじゃ、旦那。葬式の写真とやらを撮りましょうか」

祖父のきつい冗談をしおに、僕らは店続きのスタジオに行った。

西日が磨き上げられたショウ・ウィンドウからさし入っており、“INO PHOTO STUDIO”という剝げかけた金文字が、白い壁の上に幻灯のような影を落としていた。

紳士はスタジオの籐椅子に浅く腰をかけると、手鏡を覗きながら中分けの白髪頭に櫛を入れた。

「初めて親方に写真を撮っていただいたときのことは、よく覚えている」

キャタツの上で照明を整えながら、祖父は答えようとしなかった。

「震災の翌る年の、季節はちょうど今頃だったかな。焼けた母屋の跡にコンクリの西洋館を建てて、それのこけら落としに写真を撮った」

祖父は依然として答えなかった。ただ黙々と、父の仕事の形になっているいくつもの照明を、ステージの上で独りごつ紳士に合わせ続けていた。僕の目には、それがあまり意味のないことのように見えた。

「九段の親方が風邪をひいたとかで、若い弟子がやってきた。父も母も不満そうだったね。九段の親方は名人だから、きっとよその写真を撮りに行っているんじゃないかと、蔭口を言っていましたよ」

ライトのひとつがまともに目に入って、紳士は痩《や》せた掌で瞼《まぶた》をかばった。

「おっと、ごめんなさいよ」

祖父は光で紳士の口を封じたのかもしれない。僕のかたわらで、母は木偶《でく》のようにじっと立ちつくしていた。掌が冷たく汗ばんでいた。

「いや、大丈夫。近頃目がいけなくなってね」

「そりゃあお互いさまだ。誰だって六十七十になれァ、ピンボケになるさ」

「そうじゃないんだよ、親方。糖尿が目にきてしまってね。心臓のほうはだましだまし持たせても、こっちは早晩いけなくなるだろうと、医者に引導を渡されている」

キャタツの上で祖父は手を止めた。ライトを紳士からそらし、じっと横顔を見つめたと思う。

「ふん、身から出た錆《さび》だろ」

ざまあみろ、と言ったかどうか、ともかく吐き棄てるように、祖父は冗談とは思えぬ言葉を口にした。

「何てことというの、おとうさん」

と、母が叱った。

「糖尿てえのは贅沢病だ。うめえものばっかし食って、ろくに体を動かさねえからそんなことになるんだ——さ、愚痴はたいげえにして、写真、写真」

僕はただ、祖父が紳士の愚痴をたしなめているのだと思っていた。祖父の性格を一言で言うのならば、ポジティヴな江戸ッ子の気性そのもので、愚痴や苦労話をひどく嫌った。家族はそんな祖父を評して、「意地ッ張りの見栄ッ張り」とよく言ったものだが、ネガティヴに表現すればたしかにそういうことになる。

むろんこの二つの評価は矛盾しない。要するにネガフィルムと焼き上がったプリントとの関係に似て、実体は陰陽を変えただけの同じものだった。祖父はわかりやすい人だった。

祖父がカメラのうしろに立つと、紳士は咳払いをひとつして、おすまし顔になった。銀の犬の頭がついたステッキと、形のよいソフト帽を無造作に膝の上に置く。いかにも写真なれしているというふうがあった。

「さすがだね、旦那。サマになってる。そのまんまでいいや」

スタジオで肖像写真を撮影するとき、祖父が客の表情や姿勢を直さないのは珍しかった。しきりに宥《なだ》めすかしたり、褒《ほ》めちぎったり冗談を言ったりしながら客の表情を和《なご》ませ、執拗に姿勢を直すのは、祖父の手順なのだった。

「いいのかね、これで」

「ああ。さすがはパリ帰りだって、初めて撮ったあんときも感心したっけが――相変わらずだねえ。糖尿で殺すのは惜しい」

洒脱《しゃだつ》な冗談に、僕も母も紳士もひとしきり笑った。

しかし、カメラの暗幕の中に潜りこんだ祖父のくぐもった声が、たちまち僕らを凍えつかせたのだった。

「ばばあが惚れるのも、無理はねえな」

照明が翳《かげ》ったような気がしたのは、それくらい紳士の表情が青ざめたのだろう。

母はとっさに何かを言おうとし、詰《なじ》る言葉を探しあぐねて俯《うつむ》いてしまった。僕は僕で、芝居見物に行ったときの祖母と紳士の様子を思い出して、身をすくませてしまった。

光の中で凜《りん》と背を伸ばしたまま、紳士は悲しい目で僕を見た。また口封じをされたような気がした。

「旦那、孫は何人だい」

暗幕の中の祖父の声には刺《とげ》があった。

「……九人、だが」

と、紳士はとまどいがちに答えた。

「おめえ、勘定はできるんだろうな。まさか八人なんじゃねえだろうな」

「いや。九人。今年末娘のところに生まれた外孫が九人目だよ」

「なら、いい。了簡《りょうけん》しとこうじゃねえか。さあ、撮るぜ。いい顔だなあ、旦那。さすがは帝大出の洋行帰りだ。憎いねえ、こんちきしょう。ハイ、いち、にのさんで撮るよ。ハァイ、あっち、ねえ、さん！」

大仰な音を立てて、シャッターが落ちた。

それから祖父は角度を変えて、三脚に据えたローライとライカとで、念入りに何枚もの写真を撮った。

照明が消えても、紳士は椅子から立ち上がろうとはしなかった。

「善さん――」

母の差し出した湯呑みを掌の中で覗きこみながら、紳士は初めて祖父の名を呼んだ。

「何だよ」

器材を片付けながら、祖父は背を向けたまま言った。

「そっちの言いづらいことは、こっちだって聞きづらいから、よしにしとこうぜ。ともかく、葬式の写真を撮ろうってのァ、名案だった」

「ありがたい。そう言っていただくと、何だか四半世紀も背負ってきた荷物を、ようやくおろしたような気になる」

「そりゃあ俺だって――何だかやっと胸のつかえがおりたような気が、しねえでもねえ」

「お代を」

と、紳士は立ち上がりかけて、背広の内ポケットに手を入れた。

祖父が対価を望まないことはわかっていた。根っからの職人気質で商売ッ気のまるでない祖父は、親類や旧知の間柄から代金を取ったためしがなかった。

しかし、どう言って断るかと思いきや、祖父はさして考えるふうもなく、こんな言い方をした。

「俺もこの通り隠居の身で、婿に訊かなけりゃきょうびの値段てえものがわからねえ。あとでお邸《てい》あてに請求書を送っておくから、つかいにでも持たせてくんない」

もちろん祖父は隠居したわけではなく、父に仕事を任せきったわけでもなかったから、それが体のよい嘘であることは僕にもわかった。

「では、伊能さん。これで」

ステージをおりると、紳士は銀髪の頭を深々と下げた。

「何でえ改まって。伊能さん、だと？　――はいはい、お粗末さまでした。写真は来週中にでも婿に届けさせます」

スタジオの臙脂色《えんじいろ》の絨毯《じゅうたん》の上で、二人の老人は長いこと黙って頭を下げ合っていた。

母を呼びに行った。撮影がおわって茶を運んでくると、母は家の中に入ってしまったのだった。

居間の縁側に座って、母はぼんやりと渋柿の枝を見上げていた。

「おかあさん。お客さん、帰るって」

僕は背中から声をかけた。母はいかにも放心していたように、びくりと肩をすくませた。

「いま手が離せないから、失礼しますって伝えといて」

声は涙で尻すぼみになった。母の泣く理由が、僕には皆目わからなかった。ただ、紳士と祖母との間には、母を嘆かせるようなしがらみがあったのだろうと思った。

「ごはんの仕度してるって、言っとくね」

「うん。そう言っといて」

母の様子が気にかかって、座敷を出るときもういちど振り返った。

屋根ごしに西日のさし入る庭に向かって、ちんまりと座った母の姿は影絵になっていた。

渋柿のたわわな実が、俯いたシルエットを隈取っていた。

まるでおとうさんが写した、理屈っぽい写真のようだと僕は思った。

もうひとつのドラマがあった。

お客が店を出たとき、まるで申し合わせたように結婚式場での仕事をおえた父が帰ってきたのだった。

僕の父はおしゃれな祖父とはちがって、いつも従軍カメラマンのようななりをしていた。祖父にいくら注意されても、進駐軍の払い下げのカーキ色のコートと編み上げ靴を改めようとはしなかった。

頭陀袋《ずだぶくろ》のような雑嚢《ざつのう》にカメラもライトも一緒くたに詰めこみ、三脚を肩に担いで戻ってくる父の姿を認めたとたん、祖父は舌打ちをして溜息をついた。

通りの先で、ただいまと手を挙げたなり、父は笑顔を吹き消して立ち止まった。

「婿さん、かね」

父の顔色に気付いて、紳士は気まずそうに訊ねた。

「ああ。二代目だよ」

「だったら、お代金を聞かなくては」

「それァあとでいいって。ややこしいやつなんだ」

「まじめそうな人物じゃないか」

「だからややこしいって言ってるじゃねえか。早く行ってくれ。はい、ありがとうございました」

やりとりの間に、父は紳士の背後に歩み寄っていた。祖父はうろたえながら、とっさに不器用な言い方をした。

「お帰り、ごくろうさん。こちら、誰だかわかるかい」

穏やかな性格の父が、目を吊り上げ、唇を引き攣《つ》らせた。

「ああ、わかります。わかりますとも」

「どうしてわかるんだい」

「どうしてって、後生大事に若い時分の写真をとってあるじゃないですか。アルバムにペタペタ貼って、ごていねいに能書きまでつけて」

「おめえ、そんなもの盗み見したんか」

「盗み見? やめてくれ、おやじさん。あれは店のアルバムだ」

「そうか……まあ、そりゃそうだな」

祖父と父の会話は、ふだんとは立場が逆だった。

「ともかく、よくもまあぬけぬけとやってきたもんだ。おふくろも草葉の陰でさぞかし喜んでることでしょうよ」

父は誰もがびっくりするような悪態をつき、立ちすくむ紳士を睨みつけて店の中に入ってしまった。

しばらくの間、祖父は小声で言いわけをしていた。それから二人は、また年寄りくさい挨拶を慇懃《いんぎん》に交わした。

街路樹の朽葉《くちば》を巻いて、冬を予感させる風が商店街を吹き抜けた。紳士は前のめりに帽子をかばいながら、西日の中を去って行った。

「ねえ、おじいちゃん。あの人、誰なの」

訊ねてはならないと決めていたことを、僕は祖父に訊いた。紳士の後ろ姿を見送るうちに、唇が別の生き物のように動いてしまったのだった。

「ばあさんが、ずっと昔に好きだった人だよ」

「今は？」

と言ってしまってから、僕は口を噤《つぐ》んだ。葬式から二ヵ月ちかくも経っていたが、僕にはまだ祖母が死んだという実感がなかった。

「おとうさん、すごく怒ってたね。あんなの、初めて見た」

「そりゃあ、怒るさ。本当はおじいちゃんだって怒ってる」

「おかあさん、泣いてたよ。どうして？」

老紳士の後ろ姿は、夕まぐれの商店街の人混みに紛れこんだ。

「ねえ、どうしてさ。どうしてみんな、怒ったり泣いたりするのさ」

一族の悲しみを、僕は知らなければならなかった。たとえそれが子供に聞かせるべきではない重大な話であっても、このちっぽけな写真館に住む家族の一人として、僕は秘密を知らぬわけにはいかなかった。

それで――僕は祖父の告白と引きかえに、祖母との約束を破った。

僕と祖父はショウ・ウィンドウの下に並んで膝を抱え、往来を見つめながら語り合った。

「……歌舞伎座を出たときね、あの人がお花をおばあちゃんにくれたんだ。そしたら、おばあちゃん、ものすごく機嫌が悪くなって、都電にも地下鉄にも乗らないでね、通りをまっすぐに、日本橋まで歩いた」

「へえ……それで、その花はどうしちまったんだい」

「日本橋から、川に捨てちゃった。何だかすごく悲しそうでさ。だから、おばあちゃんは大切なものを捨てたんだと思って、それで……」

それで出棺の朝、僕は渋谷まで自転車を漕いで、祖母が捨ててしまったものと良く似た黄色い花を買ってきたのだった。

「ああ、ああ、そうかよ。それでおめえは、あんとき……」

祖父は膝を抱えたまま、ああ、ああ、といくども呟《つぶや》き続けた。

「僕、おばあちゃんのこと――」

大好きだったよ、と言いかけて、僕は泣いてしまった。祖母の死を実感したのは、そのときが初めてだったような気がする。

「やれやれ……まあったく後生の悪いばばあだな」

「ねえ、おじいちゃん。あの人、誰なのさ。何でみんな、怒ったり泣いたりするのさ」

「まいったな」

と、祖父は僕の頭を抱き寄せた。かしげた顔に夕日があかあかとなだれこんだ。たいした逡巡もなく、祖父は僕の耳元でわかりやすい説明をしてくれた。

「あのな、戦争で死んじまったおめえのおじさんな」

「真一さん」

「そう。本当だったらここの二代目になるはずだったんだが——その真一は、さっきのあの旦那の子供なんだ。おじいちゃんの息子じゃねえのさ」

僕はきつく目を閉じた。大人の世界のことは何もわからなかったけれど、大変な秘密を聞いてしまったと思った。縁側で泣いていた母の後ろ姿と、常にない父の怒りの表情が思い出されて、僕はおそるおそる、どうしても訊かねばならぬ話の先を口にした。

「おかあさんは？」

よほど意外な問いだったのだろうか、祖父は「えっ」と声に出して愕いた。

「そりゃあ、もちろん、おかあさんはおじいちゃんとおばあちゃんの子供だ。おめえはれっきとしたおじいちゃんの孫だよ」

「でも……でもさ……おかあさん、すごく変だったし。縁側で、ずっと泣いてたんだよ。夕ごはんの仕度なんかじゃないんだ。お見送りしたくないからって、ずっと泣いてた」

口には出さなかったが、もうひとつ気がかりなことがあった。祖父と紳士は、孫の数について どうのこうのと話していた。八人とか、九人とか。

その疑問はあまりにおそろしくて、口にする気にもなれなかったが。


その夜、父と祖父は酒を飲みながらひどく揉めた。

雲行きが怪しくなり始めたとたん、母は逃げ出すように銭湯に行ってしまった。おかげで僕はお燗番《かんばん》をさせられる羽目になったが、ビールが酒に代わるころには二人ともすっかりでき上がっていて、子供が台所で聴き耳を立てていることなど、いっさい頭にないようだった。

だいたいこんな言い争いだったと思う。

「おめえみてえな出来損いの入婿に、とやかく言われる筋合いはねえ。あんだけ弟子を育てたってえのに、兵隊に取られるわ、商売がえするわ、よりにもよって一等出来の悪い小僧が残りやがった」

「出来のよしあしじゃないだろう、おやじさん。俺と真ちゃんは幼なじみだった。どのくらい悩んでいたのか、おやじさんは知らねえだろう」

「悩んでなんかいやしねえよ。あいつはそんなことでうじうじするような奴じゃなかった」

「そんなことって……よくもまあ言えたもんだ。俺は何度も聞かされたよ。真ちゃんはずっと悩み続けていた」

父と伯父とは、小学校から府立中学までの同級生だった。海軍兵学校の試験に落ちた父は、終戦の年に徴兵されて檜町《ひのきちょう》の歩兵第一聯隊に入営し、外地には行かずに戦争が終わって、目と鼻の先の生まれ故郷に歩いて帰ってきたという果報者だった。

一方の伯父は慶応大学から学徒動員で出征し、そのまま帰らぬ人となった。

それもわずか十何年前の話だったのだから、身内としてはいまだ生々しい記憶だったにちがいない。

「おめえ、まさか真一が、そんなことを苦にして特攻隊を志願したとか、そこまで言うわけじゃあるめえな」

「そうとは言いませんよ。だけどね、そうじゃなかったという証明もできないでしょうが」

「くだらねえ。そんなことァ、話す気にもならねえ」

「いいですか、おやじさん。俺が真ちゃんから聞いたところによれば、あの男は女房も子供もいながらばあさんに入れあげて、腹が膨れちまっても身受けすらできなかったんだ。ちがうのかい」

「まあ、そうだ。したっけ、俺ァ何もばばあに同情したわけじゃねえよ。若殿のおさがりを拝領したわけでもねえ」

「はた目にゃ、そう見えるでしょうが。いや、おやじさんの性格を知ってりゃ、誰だってそう思う」

「おうおう、言ってくれるじゃあねえか。俺ァそんなヤワじゃねえぞ。ばばあを貰う銭にしたって、あっちこっちに頭下げ回ってようやく工面したんだ。人聞きの悪いこと言うな」

「俺はわかってるよ。おやじさんがちゃんと惚れてたってことぐらい」

「ちゃんと、とァどういう言いぐさだ。疑ってる証拠じゃねえか」

「だからよ、俺の言いたいのはそんなことじゃねえって。てめえの倅を他人様に育てさしておいてだね、今さらおめおめと線香あげさして下さいってのｌ、そりゃないだろう。はいどうぞって、おやじさんもおやじさんだよ」

「あのなあ――そりゃあ俺だって、いい気持ちはしやしねえよ。したっけ、ばばあも真一も死んじまって、今さら恨みつらみを言ったところで始まるめえ。第一、もともとは俺が買った苦労だ。老さき短けえあの齢になって、線香あげさしてくれってわざわざやってきたもんを、そいつァごめんだって、それじゃあんまり大人げねえだろう」

「なら聞くけど、どうして写真なんか撮ったんです」

口喧嘩では決して後にひかぬ祖父も、さすがに口ごもった。言いわけを探すようにして盃をあけ、父に酌をしたあとで、祖父はようやく小声で言った。

「そりゃあおめえ……体が悪くってもう先がねえようなこと言いやがるからよ。葬式の写真は一生に一ぺんのこったから、いくら俺だって頼まれりゃいやとは言えめえ」

「おやじさん――」

「何だよ」

「ひとつだけ訊くけど、頼まれていやと言わなかったのは、きょうのことだけだろうね」

「どういうこった？　はっきり言え」

「だからさ、昔にもものを頼まれたことはなかったろうな」

「ばっかくせえ。何でおめえにそんなことまで疑われにゃならねえんだ」

「俺の人生にも関係があるからだよ」

「ばばあとのなれそめなんて、おめえとは関係あるめえ。生まれる前の話じゃねえか」

「いいや」

と、父はちゃぶ台の上に伸び上がるようにして、盃を呷《あお》ろうとする祖父の腕を摑んだ。目をきっかりと据え、顎の先を振って、父はたぶん僕のことを言った。

「あいつは、おやじさんの孫なんだろうな。それだけははっきりしておいてくれなきゃ、俺も困る」

酒のせいで、ひそめたつもりの声は大きかった。盃を取り落とした格好のまま、手を振り払うでもなく、祖父はじっと父を睨み返した。

「ばばあは男を二股かけるほど下衆《げす》な女じゃねえ」

「だったらどうして、二人の子供を連れて毎月会いに行ってたんだ。真ちゃんだけで用は足りるだろうが」

「あのバカ、亭主にそんなことまでしゃべってやがるのか」

おおい、と祖父はいるはずのない母を呼んだ。

「ともかく、おめえの考えすぎだ。そりゃあ嫁に貰った当初は、本当にあの男と切れたのかどうか気を揉んだがよ。そんなこたァおめえ、信用するほかはあるめえ」

「まったくなあ――」

父は祖父の手を突き放すと、呆れたように天井を見上げた。

「意地ッ張りの見栄ッ張りも、ここまでくりゃあ考えもんだ。格好ばっかつけやがって、他人の子を育てるだけならともかく、月にいっぺん親子水いらずで飯でも食えってかい。大したもんだよ、おやじさん。俺にゃとても真似はできねえ」

悪態に業《ごう》を煮やして、祖父は父を殴った。ただし祖父の暴力は徒弟制度のならわしのようなものだったので、僕もさほど愕きはしなかった。

ちゃぶ台ごしに拳固を一発くらったあとも、父はべつだん謝るでもなく、祖父もそれ以上憤るわけでもなく、むしろそれをしおに二人はからりと話題を変えたような気がする。

結婚式の写真は祝儀なのだから、明日からはきちんとネクタイをしめて行けと、祖父はたしかそんな説教をたれた。

はいわかりました、と父は神妙にかしこまって頭を下げた。

しかしその後も、父の背広姿を僕は見たためしがない。血のつながりこそなかったが、祖父と父はふしぎなくらいの似た者だった。


祖父の撮ったポートレートはすばらしい出来映えだった。

焼き上がった写真をスタジオの床に拡げて、父は一時間も唸り通しに唸り続けていた。しまいにはおやじさんの肖像写真は世界一だと言い、あの夜の激昂などまるきり忘れてしまったように、この写真は梶井伯爵のポートレートに並べてショウ・ウィンドウに飾ろうなどと言い出す有様だった。

だが、その写真を誰かが紳士の家に届けたという記憶はない。おそらくは小包か何かで送りつけたか、あるいは先方のつかいが取りに来たのだろう。

それからしばらくたった年の瀬に、その写真が新聞の一隅を飾った。

スタジオからクリスマス・ツリーが片付けられ、かわりに門松が据えられたころだった。訃報が顔写真とともに新聞に載るほど、紳士は著名な事業家だった。

朝刊を持ったまま長いことトイレに座りこむのは祖父の悪い習慣で、しかも臭気のしみついたそれを食卓の前で拡げるのには閉口させられたものだったが、その朝ばかりは誰も文句を言わなかった。

「やっこさん、年は越せねえってわかってたのかねえ」

平静を装って、祖父はそんなことを言った。

果たして葬儀に行くべきかどうかと、家族は真剣に討議をした。祖母が亡くなったときも同じ印象を受けたのだが、人を喪《うしな》った悲しみとそれにまつわる儀式とは、まったく別物なのだと僕は思い知らされた。

思いがけぬ訃報に接して、祖父も母も父もそれなりに衝撃を受け、食事も忘れて押し黙ってしまったのに、いったん会葬の話が出ると、打って変わった議論が始まった。

俺が行かにゃなるめえ、と祖父が言うのを、いやおとうさんが行くと知った顔にも会わなきゃならないから私が行くわ、と母が言った。さらに父が割って入って、いやいやこの際は婿養子が参列すれば、何の波風も立ちますまいと言い出した。

何だかみんなが行きたがっているように思えた。

紳士が家にやってきたときの騒動を思い出していやな気持ちになった僕は、大人たちの会話に首をつっこんで、思った通りのことを言った。

「あの人、おばあちゃんのお葬式にこなかったじゃないか。こっちも行くことないよ」

一瞬、家族は沈黙した。思いついたように納豆をかきまぜながら、まず祖父が「そりゃあ、そうだな」と言った。鉢を回された父は、「そういうことになりますね」と言い、母は何だか怖いものでも見るように、僕の横顔を盗み見ていた。

結局、僕の提案が家族の総意になった。


翌日かその翌日、もし僕の都合のよい記憶を許してもらえるのなら、紳士の葬儀の当日だったということにしよう。

父と母は朝から連れ立って、築地かアメ横に正月の買い出しに出かけていた。だとすると暮もよほど押し迫った、二十八日か二十九日のことではなかったかと思う。

中庭に面した居間には、西日があかあかとさし入っていた。商店街のあわただしさは家の中にまで伝わっていたが、正月写真の仕度をおえたわが家は、町の喧噪からすっかり取り残されていた。

「まったく、この年の瀬に通夜だ葬式だって、はた迷惑な野郎もいたもんだなあ」

炬燵《こたつ》に入って新聞を読みながら、祖父は何べんも同じことを言った。

祖母のいない正月を、僕は想像することができなかった。気丈で口やかましくて、どう考えても実質的な家長だった祖母は、家の中どころか町じゅうの年末年始を取りしきっていたようなものだった。

当然のことながら、服喪中の家には撮影用の門松を除いて、正月らしいものは何もなかった。

父と母が買物に出かけてしまってから、僕と祖父は日がな炬燵にごろごろとして、茶を飲んだり、蜜柑《みかん》を食べたりしていた。

「来年はテレビジョンを買おうな」

「ほんと？」

「ああ。ばあさんがいねえんだから、テレビぐれえねえと間が持たねえ」

ときどきフィルムを買いにくる客があると、祖父は店先に話しこんで引き止めにかかったが、師走の客はそれほど暇ではなかった。

西日が庭を照らし始めるころになって、祖父は祖母のお気に入りだった安楽椅子を縁側に引きずり出して、役立たずのまま熟れ腐った渋柿をぼんやりと眺めた。

「まだ帰ってこねえよなあ。どれ――」

柱時計を見上げてから、祖父は立ち上がって大あくびをした。幼なじみの父と母は、たまに連れ立って外出すると、どこで何をしているものやら決まって夕食の時間ぎりぎりまで帰らなかった。

「何するの？」

「おとうさんとおかあさんには内証だ」

祖父は踏み台に乗って、鴨居の上から伯父の写真をはずした。慶応の丸帽を冠《かぶ》った、赤茶色に灼《や》けた写真だった。

それから祖父は、スタジオに行って紳士の顔写真を一枚、持ち帰ってきた。何種類かあったうちの、正面からアップで顔を捉えたものだった。

「ねえ、おじいちゃん。何するのさ」

なんまんだぶ、なんまんだぶ、とお道化《どけ》て呟きながら、祖父は仏壇の中の祖母の遺影に、二枚の写真を並べて置いた。

「おい。ちょいとこっちへきて座れ」

僕は祖父に並んで、仏壇の前に正座をした。

線香の煙が、中庭からさし入る赤い光の中で縞紋様を描いていた。

「どいつもこいつも、とっとと行っちまいやがって。意気地のねえやつらだよなあ」

祖父がいったい何をしようとしているのか、僕には見当がつかなかった。死者の弔いをすることが、なぜ父や母に内証なのだろうと思った。

「ねえ、おじいちゃん――」

どうして内証なの、と訊こうとして、僕は言葉を呑んだ。夕日に照らし上げられた祖父の横顔が慄《ふる》えていた。

「おばあちゃん、若いね」

「ああ。一緒になったとき、靖国神社の桜のさかりに撮ったんだ。花の下に三脚おっ立てて、お参りの人がみんな振り返るぐらい、いい女だったっけ」

それから、鉦《かね》を叩いて丁寧に掌を合わせ、祖父は誰に言うともなく低い声を絞った。

「しばらくの間、水いらずにさせといてやるからよ。だが、しばらくの間だけだぜ。俺がそっちへ行ったら、四の五の言うな」

僕はせつない気持ちになって、祖父の膝に手を置いた。

「ねえ、おばあちゃん、きれいだね」

見ることに耐えきれぬふうに、祖父は目をきつく閉ざしてしまった。膝に置いた僕の手の甲に、あたたかな涙がこぼれた。

「俺ァ――」

祖父は風のように咽を嗄《か》らして泣いた。

「こいつらの葬式写真を、みんなてめえで撮っちまった。写真屋は因果な商売だ。こんなことがとうにわかっていたなら、俺の代でよしにしてた」

「おとうさんも写真屋だよ」

「だからあいつは、わけのわからねえ景色ばかり撮ってりゃいいんだ。それでいいんだ」

僕も写真屋になるよ、と言ったのかどうか。いやたぶん祖父を悩ませる言葉は口にしなかっただろう。

ただひとつだけ、はっきりとした記憶がある。

縁側からあかあかとさし入る夕日が、祖父と僕の影を壁に倒していた。仏壇に並べられた三枚の写真から目をそむけて、僕は壁にくっきりと映った僕らの影を見つめていた。細い首筋やなで肩の背は、おじいちゃんにそっくりだと思った。

すいばれ

夏の日ざかりだというのに、その男は黒い長袖のポロシャツを着て、じっと沖を見ていた。

ビーチパラソルの影が動くたび、まるでそうすることが仕事のようにデッキチェアの位置をずらし、砂浜をていねいに踏み固めて、また寝転んだ。僕らがかたわらで見ていたかぎり、朝から午過《ひるす》ぎまで、彼の店にボートや浮輪を借りにきた客はひとりもいなかった。

谷《たに》という名前は覚えている。もしかしたら谷村とか谷口とか谷山とかいう苗字の一部をとって「谷さん」と呼んでいたのかもしれないが、すべてが偽りの名であったとも思える。

真黒に陽灼《ひや》けした、見ようによっては精悍な顔立ちで、背は高いが汗のしみたポロシャツに背骨の節が浮いて見えるほど痩せていた。

年齢はわからない。僕らにとって二十歳以上の人間の齢などどうでもいいことだった。

「あのやろう、ヤー公かな」

砂浜に腹這《はらば》って背中を灼きながら、キーチが僕の耳元で囁《ささや》いた。

「まさか。ヤー公がこんなところで貸ボート屋なんかやってるもんか」

「あんがいテキヤの商売なんだぜ」

さりげなく手の甲の上で首をめぐらしたとたん、男と目が合った。

「よう、おにいちゃん。ボート借りないか。朝からお茶っぴきなんだ。夕方まで五百円でいいよ」

よほど困った顔をして、男は僕に笑いかけた。

「借りてやろうぜ。ここの場所も悪くないし」

「一宿一飯の義理ってやつか。ま、それもそうだな」

と、キーチは砂を蹴散《けち》らしてはね起きた。

僕らがその夏、内房《うちぼう》の保田《ほた》海岸まで足を延ばしたのにはわけがある。仲間が根城にしていた葉山の長者ケ崎で、キーチが悶着を起こしたのだった。秋元喜一——通称キーチと呼ばれていたこのクラスメートは恵比寿の魚屋の倅《せがれ》で、ブルースと喧嘩が生き甲斐のような困ったやつだった。

一週間ばかり前に逗子《ずし》の踊り場で大暴れをし、顔じゅうに青タンを作ったあげく、あくる日長者ケ崎までやってきた追手とまた大立ち回りを演じ、結局一学年上の先輩が仲を取り持って、何とか事態を収拾した。

つまりキーチは先輩たちにどやされて長者ケ崎を放逐されたわけだが、やぶれかぶれでフル・チューンしたエヌコロをすっ飛ばせば命の保証はないから、とりあえず僕が東京までハンドルを預った。ところが遊び足らぬキーチは、これから千葉へ行こうと言い出した。で、僕らは恵比寿の魚屋に寄って、一年中お祭りみたいな親父から小遣いを補給してもらい、ガソリンも満タンに補給して保田海岸まで走ったのだった。

そのころ千葉の海岸といえば、外房《そとぼう》の御宿《おんじゅく》が若者たちのメッカだったのだが、キーチと二人でそこに行くのは殴り込みに向かうのも同然なので、途中から進路を変更して内房を走った。僕らはこうして、保田という見知らぬ海岸にやってきたのだった。

穏やかな海に大きなゴムボートを浮かべて、ホームサイズのコークをワインのように舐《な》めながら、僕らは陽がすっかり西に傾くまで波間を漂った。

「魚屋の跡取りがよ、早稲田や慶応へ行ってどうすんだよ、ばかくせえ」

口で言うわりにはキーチの成績はまともだった。都立の進学校でその程度を維持していれば、早慶どころか国立大学も十分に圏内である。

「姉貴に婿さんとるつもりじゃねえのか、おまえのおやじ」

「冗談よせ、近所にスーパーが二つもできちまってよ、食うだけで大変な魚屋にのこのこやってくる婿なんているもんか。そういうおまえだって、写真館の跡取りが大学なんか行ってどうすんの。専門学校へ行けとか言われねえのかよ」

「とりあえず大学へ行け、っての。おまえんちだって、そうだろ」

「まあな。したっけ、いい大学へ行きゃ行ったでそう馬鹿もできねえしよ。ゲバ棒ぶん回して喧嘩するってのも、みっともねえし」

高度成長のまっただ中で育った僕らは、総じて目的意識に欠けていた。とりあえず人並の学問を修め、同時に日々の享楽を貪《むさぼ》る。おそらく前後の世代にも、東京以外の地方にも存在しない、僕らはきわめて特異な、小賢《こざか》しい子供だった。

男が渚で僕らを呼んだ。

「あいつ、慶応の学生って、ほんとか？」

オールを操りながら、キーチは濡れて巻き上がったパーマの髪をかき上げ、訝《いぶか》しげに浜を振り返った。

「吹かしだろ。あんなのが慶応なら、俺は東大を受けてやる。慶応の法学部ってのは、だいたいが吹かしなんだ。あいつもしょっちゅうそう言ってナンパしてるんじゃねえのか」

「俺たちに吹かしても仕方ねえだろ」

「だから、口癖になっちまってるんだ」

谷は重ねた浮輪に葭簀《よしず》を被《かぶ》せて、店じまいを始めていた。

「明日も一日五百円でいいよ」

物言いは柔らかく、笑みを絶やさぬ谷はやくざ者には見えなかったが、慶応ボーイだと自称するにはやはり無理があった。

「民宿、まだ決めてないんだけど、どこかあるかな」

と、キーチは正体不明の谷に、よそいきの言葉づかいで訊ねた。

「そりゃあ、平日ならどこでも空いてるけど――いいとこ紹介してやろうか」

谷が店じまいをおえるまで、僕とキーチは冷え切った体をバスタオルにくるんで待っていた。手を貸そうとすると、谷は身を躱《かわ》すように「いいよ、いいよ」と言った。

長い時間をかけて、おそろしくていねいに葭簀を張り、ゴムボートにはロープを通して鍵をかけ、それからわずかな売上金を算《かぞ》えて、手提《てさ》げ鞄《かばん》に収めた。ふと、もしかしたら谷は本当に慶大生のアルバイトなのかもしれないと思った。

ひとけのなくなった砂浜に痩せた影を長く曳《ひ》きながら、谷は僕らの先に立って歩き出した。

「ボロ家だけど、うるさいことは何も言わないし、飯はうまいよ」

海岸通りから石畳の坂道を少し上がると、妙に間口の広い古家があった。たとえば没落した網元の邸とでもいうような、立派な構えである。

土間に入ったとたん、谷は「ただいま帰りました」と、礼儀正しい口ぶりで言った。

「あれ、谷さんもここにいるの」

と、僕はちょっとびっくりして訊ねた。

「べつに客引きじゃないよ――おばちゃん、お客さんですよォ！」

谷が人を呼ぶと、皺《しわ》だらけの顔におしろいを塗りたくった老婆が梯子《はしご》段の蔭からぬっと現われた。

よほど客に困っているのだろうか、老婆の挨拶は慇懃《いんぎん》このうえなく、かえって僕らを不安にさせた。

案内された部屋は窓から海が見える二階の奥の間で、民宿と呼ぶにはいささか贅沢すぎる十二畳の大座敷だった。

「ああ、お車ですか。だったらそこの庭に入れといて。玄関は夜になったら閉めるけど、廊下のつき当たりの物干しから出入りできるからね。お友達ができたら、連れてきてもいいよ。煙草の火だけ、気をつけて」

老婆は真赤な紅《べに》をさした唇をひしゃげて笑い、僕らの裸をしげしげと眺めて、もういちどいやらしい笑いかたをした。

海に向かって大きく開かれた窓辺に座って茶を啜《すす》り、沖合に漁火《いさりび》がともり始めたころ、僕らは車を取りに行った。

保田の町のたたずまいは、まったく記憶にない。

もっとも青春の何日かを過ごした場所の風景など、行きずりの女のようなもので、覚えているほうがおかしいが。

見知らぬ町の不確かな印象ばかりが夢のように甦《よみがえ》る。海と山に挟まれた通りには湿気がわだかまっていて、街灯も家の灯も、ぼんやりと丸い暈《かさ》を着ていた。

夏の海といえば不夜城の湘南しか知らぬ僕らにとって、悲しくなるような暗い夜だった。いったい何の因果でこんな味もそっけもない漁師町にいなければならないのだろうと、僕は思った。

キーチは不機嫌な僕に気を遣っているふうだった。

海岸通りを車で流しながら、キーチは二人づれの女を見れば窓ごしに声をかけた。ふだんは進んでそういうことをするほうではなかったから、たぶんそれも僕への気配りだったのだろう。

何度か袖《そで》にされてすっかり戦意を喪《うしな》い、宿に帰りかけた町はずれに、場ちがいなくらい気のきいた店を見つけた。

渚に向かって広いテラスが組まれ、ガラス窓には横文字のネオン管がともり、棕櫚《しゅろ》の木に包まれた瀟洒《しょうしゃ》な店だった。ちょうど咽《のど》も渇いていたので、一杯やっていこうということになった。

白いペンキを塗った木の階段を登りかけて、キーチは僕の背をつついた。道路からは棕櫚の幹に隠れて見えなかったのだが、テラスに置かれた帆布のデッキチェアに、ぽつんと女が座っていた。椅子にTシャツの背をもたせかけたままテラスの手すりに裸足《はだし》を投げ出し、べつに何をするでもなく夜の海を見ている。

「まぶいぜ。男、待ってんのかな」

「店の女じゃねえのか」

ちらりと僕らを振り返ったなり、女はまた沖に目を向けてしまった。

いかにも道楽で店をやっているような長髪の店主にビールを注文し、ころあいのブルースをジュークボックスに入れて、僕らはテラスに出た。

女は手すりに肘《ひじ》を置いて海を見ていた。いかにも怠惰を装うそぶりが、僕らを誘っているように見えた。

「俺、きょうツイてねえからよ。おまえ行け」

と、キーチは囁いた。言われなくとも不器用なキーチに任せるはずはなかった。

「車の中で寝ろよな」

「せつないこと言うなよ」

すっかり自信をなくしているキーチは、まったくせつない顔をした。

「さっきから黙って聞いてりゃ、何だよおまえ。こんなところでブラブラ歩いてる女つかまえて、お茶飲もうぜはねえだろ。ヘボ」

「ヘボ、だったか」

「あったりめえだ。ナンパするときぐらいは標準語つかえ」

キーチを隅の席に座らせると、僕はさりげなく女の脇に立った。手の甲に頬を預けたまま女はちらりと僕を見、それから片手で長い髪をかき上げた。一瞬のそのしぐさで、だいたいいけると僕は思った。無意識に髪を弄《もてあそ》ぶ女は、はずれたためしがない。

僕は煙草を一服つけ、さりげなさを装いながら、これから口説くぞという意思を示した。このさりげない間《ま》が肝心なのだ。

「イカ、かな」

沖合につらなる漁火を見つめながら、僕は呟《つぶや》いた。案の定、女はすぐに反応した。

「イカ、って？」

「イカを釣ってるんだよ。舟にいっぱい灯《あか》りをつけてさ」

「ふうん――あんなふうにするんだ」

これで女が地元の人間でないことはわかった。

「まわりが暗いから、明るい光によってくる。それで釣られちゃうんだ」

僕は夜空を見渡し、頭上に輝く青い誘蛾灯に目を止め、それからきっかりと女の横顔を見据えた。

「きれいだね。ひとり？」

女は口元に白い前歯をこぼして身構えるようにジーンズの脚を組みかえ、にっこりと笑い返した。相変わらず片手で髪を弄んでいる。

「誰かを待ってるみたいに見えた?」

「僕を待ってるみたいな気がしたんだけど、まちがったら、ごめん」

僕は椅子を引き寄せて女のかたわらに座った。

「私はひとりだけど」

女はTシャツの胸元で拇指《おやゆび》を立てた。

「ああ、あいつはこれから東京に帰るんだ」

「あなたは?」

「帰るつもりだったけど、やめた」

「どうぞご遠慮なく。用事、あるんでしょう」

「君に用事ができちゃった。ちょっと海岸を歩かないか」

背中を軽く押すと、女は僕よりも先に立ち上がった。

キーチはジョッキを宙に浮かせたまま呆気《あっけ》にとられていた。

「じゃあな、キーチ。気を付けて帰れよ」

「え? ……あ、ああ」

いいか、車の中で寝ろよ、と僕は目で言った。

その夜を、キーチがどう過ごしたかは知らない。宿の庭に車は戻ってこなかったから、言われた通りにしたのだろう。

それから僕と女は月明りの渚を歩き、砂浜に積まれたボートの蔭で、長い接吻《せっぷん》をした。唇を離してから耳元で名前を訊ねると、女は溜息のように「ミサ」と答えた。

陽に灼けた小造りな顔や、小さな獣のように引き締まった体に、ぴったりの名前だと僕は思った。

道に迷いながら宿まで歩き、老婆に教えられた通りに裏の物干場から忍びこむと、豆電球の灯《とも》った座敷には蚊帳《かや》が吊られていた。

水平線がほんのりと白むころまで僕らは愛し合い、眠りに力を奪われてからも、ずっと夢うつつに唇を重ねた。


「せつねえよなァ。俺の朝飯まで食いやがってよォ」

キーチが寝不足の顔で海岸に現われたのは、あくる日の午近くだった。

「あれ、あなた東京に帰ったんじゃなかったの？」

ミサはさして驚くふうもなく、声を立てて笑った。細い体に紺色のビキニがよく似合った。

「ババア、何も言わなかったのかよ。男が女に入れ替わってるのに。車置きに戻って、腹がへったって言ったら、お勝手で握り飯食わされた」

短気だが人の好いのはキーチの取柄《とりえ》だった。

「たいして驚いてもいなかったな。いきなり襖《ふすま》あけて、あらまあ、だと」

「へえ。そんで、ちゃっかり俺の分まで朝飯食って、出てきたってわけだ」

ごちそうさま、とミサはおかしそうに笑った。

宿からさほど遠くないところに、ミサは仲間たちとひと夏のアパートを借りていた。友人はみな仕事で東京に帰ってしまい、短大生のミサだけが海に居残って閑《ひま》をもて余していたというわけだ。それならそうと先に言ってくれればキーチを車の中に寝かせることもなかったのだが、多少は行きずりの男を警戒したのだろう。

「谷さん、ボート貸してくれよ。五百円でいいんだろ」

谷はデッキチェアに寝転んだまま、首をもたげた。

「足元見やがって。ま、遊ばしておいても金にはならないし。それにしても朝からこの陽気だっていうのに、ガラガラだね。どうなってんだ、いったい」

ミサは僕らと一緒にボートに乗るのを拒んだ。泳げないから怖いのだそうだ。

前日と同じようにキーチと二人で沖に出たのは、僕らの仲間うちの暗黙の掟《おきて》により、昨夜の戦果をこと細かに報告する義務を感じたからだった。要するに僕は自慢をしたかったし、キーチは聞きたがった。

僕らは浜辺から話の内容をけどられぬように、深刻な表情を繕《つくろ》って語り合った。

「実はな、俺もゆんべ——」

僕の話が一段落つくと、キーチはいきなり、僕の予想だにせぬことを口にした。初めは負け惜しみかと思ったのだが、内容からしてもキーチの顔色からしても、そうではないらしい。

「車の中で寝てたら、谷さんに窓を叩かれたんだ。べつに隠すことでもねえから、かくかくしかじかって言ったら、気の毒がってくれてよ。そんで駅の近くのバーに連れてってくれて、ビール飲んで、谷さんのなじみの女と二階に上がって——」

「やったんか」

キーチは肯《うなず》いたが、顔は笑ってはいなかった。

「そんなにブスだったんかよ」

「いや、そうじゃねえんだ。俺がちょいの間を終わったころにな、谷さんが酔っ払って階段を上ってきて、コラ、代われって——」

「何だよ、それ。おまえら兄弟になったんか」

「まあ、聞けって」

キーチはちらりと浜を振り返って、舟底に蹲《うずくま》るように声をひそめた。

「いきなり谷さんが俺の前で裸になったんだ。俺、びっくりして腰抜かしちまったよ。あいつ、肩からケツまでモンモンしょってやがるんだ。虎の絵のよ、まっさおなやつ」

「げ……うそ」

「うそじゃねえって。ほら、ずっと長袖のポロシャツ着てるだろ。入墨が腕まで入ってるんだよ。汗かいても見えねえように、黒いのを着てるんだ。酒が入ったら、すっかり言葉づかいまでヤー公で、てめえいつまでもボサッとしてるんじゃねえ、見世物じゃねえんだ、だと」

僕は浜を見た。その日は波が高く、浜辺はうねりの先に見え隠れしていた。谷とミサが肩を並べてビーチパラソルの下に座り、親しげに語らっていた。

「やばくねえかァ。あの女、ちょっとパープーみてえだしよ。谷さん、慶応の法学部だとか何とか言って、口説いてんじゃねえのか」

「俺は関係ねえよ」

強がってはみたものの、僕の心は穏やかではなかった。

波が砕け散る沫《しぶ》きの向こう側に、長い髪を弄びながら谷に笑い返すミサの姿が見えた。柔らかな唇の感触や、愛らしい寝息や、力のままに軋《きし》むような細い体がありありと甦ると、僕は胸苦しさを感じた。

あたりにはじけ返る真午の陽光が、不吉なものに思えてならなかった。

「何だよおまえ、あの女に惚れちまったんか」

「ばかいえ」

そのとき感じた心のどよめきは、いったい何だったのだろう。僕は生まれて初めて、嫉妬というものを知った。

「まいったな、おまえらしくねえぞ。あんな女、やめとけって。だいたい一緒にきたダチがみんな帰っちまってるのに、ひとりでブラブラしてるなんてふつうじゃねえよ。要するに男なら誰でもいいんだ」

　僕はとっさにキーチの髪を掴んで引き寄せ、顎に肘打ちをくらわせた。ボートから転げ落ち、しばらく立ち泳ぎをしながら僕らは本気で殴り合った。

　僕とキーチがほんのささいなきっかけでそんなふうに喧嘩を始めるのは珍しいことではなかったが、先に手を出すのはいつもキーチのほうだった。だが、そのときだけはちがっていた。

「やめようぜ、危ねえって」

　キーチはゴムボートのロープを引きながら、浜に向かって泳ぎ始めた。

「逃げるのかよ、コラ」

「そうじゃねえって。どうかしてるぜ、おまえ。しばらく頭冷やせ」

　僕はたしかにどうかしていた。波の上に仰向いて輝かしい夏空を見つめながら、僕はそのとき初めて、嫉妬というのっぴきならない感情の存在に気付いたのだった。恋というものが決して甘く楽しいばかりではなく、実は猛《たけ》く荒々しい獣の感情なのだということも、初めて知った。

その日、僕はミサからかたときも離れなかった。

谷がミサに狙いを定めているのはその視線からも明らかだったからだ。僕はミサが海に入れば後を追い、飲物を買いに行くときもついて行った。どうしてこんなことをしているのだろうと、自分自身を訝しみながらも、ミサのそばを離れることができなかった。

ミサはたぶん、僕をうっとうしく思い始めていた。一夜の快楽を分かち合った年下の男ということのほかに、僕は彼女にとっての何ものでもなかったのだろう。

陽が西の岬に傾きかけるころになると、ミサはあからさまに僕を避け、谷と話し始めた。わずか数メートル先の囁きが不穏な相談に聞こえてならなかった。

「どうすんだよ、あの女、やられちまうぜ」

昼間の格闘のせいで、キーチの片目は腫《は》れ上がっていた。

「関係ねえって。ほっとけ」

「おまえ、そうなったらほっとかねえだろ。地元のやくざとゴタゴタしたりするなよな。命がいくつあっても足らねえぞ」

「女にその気があるのなら仕方ねえさ。ゴタゴタなんかしねえよ」

「何だかなあ――いつもと逆じゃねえかよ」

「何が？」

「俺とおまえがよ。なるほど、けっこう気を遣うもんだな、おもり役ってのは」

やがて谷が店じまいを始めると、ミサはまるで女房気取りで、かいがいしく手を貸した。

「おいおい、あいつらもう話ができてるぞ」

「どうして？」

「だってよ、きのうは俺たちが手伝おうとしたら断ったじゃねえか。早いとこ店じまいしてどこかに行くつもりだぜ」

「帰ろう」

と、僕は立ち上がった。

「いいのかよ」

「勝手にしろ」

ヨットパーカーを着て歩き出してから、僕は振り返ってミサを呼んだ。砂浜に影を長く曳いて、ミサは面倒くさそうに歩み寄ってきた。

「今晩、おまえんちに行っていいか」

一瞬、ミサはうろたえた。

「だめ。友達が東京からくるかもしれない」

「あいつを連れこむつもりじゃねえだろうな」

ミサは細い眉を吊り上げた。

「そんなこと、あなたにどうこう言われる筋合いはないわ」

蔑《さげす》むような目で僕を睨みつけ、ミサはボート小屋に駆け戻ってしまった。

「だっせえよなあ。女にふられてやんの」

僕はへらへらと笑いかけるキーチの脇腹を、思いきり蹴とばした。


「まあ、そう蔭口を叩きなさんな。悪いやつじゃないよ」

地獄耳の老婆は、お櫃《ひつ》を抱えて広間に入ってくるなり言った。

夕食は古風な箱膳で、広い庭に向かって開かれた縁先から、ここち良い夜風が吹きこんでいた。

「だっておばさん、あいつ、やくざだろう?」

キーチが不満げに訊ねた。

「そりゃそうだけど、何もやくざが悪いっていうわけじゃないさ。悪いのは暴力団で、あの人はやくざ」

「どこがちがうんだよ」

「やくざって言うんなら、うちの亭主も立派なやくざだったよ。網元の旦那だって、夜になりゃ漁師あつめて博奕《ばくち》打たせててね、テラ銭とってたんだから。いざこざがあれば腹巻に匕首《あいくち》のんで駆け出してったし、警察の厄介になったのも一度や二度じゃない。何々組って看板を出していないだけでさ。昔は若い衆を束ねる親方は、どんな正業を持ってたってみんなやくざ者だった。世の中がすっかり良くなって、そういうどっちつかずがいなくなっただけ」

夜の七時を回っても、谷は宿に戻ってはこなかった。びっしりと入墨の入った谷の痩せた背中が、ミサの体にのしかかるさまを想像して、僕は荒々しく飯をかきこんだ。

「むかし女中部屋にしていた奥の三畳間をね、ひと夏の素泊まりで貸してるんだけど、きちんとしたいい若者だよ。何でも春まで懲役に行ってたんだって。長い務めだったからちょいとボケてるって、連れてきた兄貴分が言ってたっけ。そんなふうには見えないねえ。あれがボケてるんだとしたら、そうじゃなくって、挨拶も満足にできないほかの若い衆のほうがボケてるんだ」

言いながら老婆は、僕とキーチの顔を睨みつけた。つまり老婆から見れば、僕らも「ほかの若い衆」の一味なのだろう。

かつては大漁の宴が催され、夜ごと漁師たちのための鉄火場に使われたにちがいない広間に寝転んで、僕らはテレビを見た。

そのうちキーチは、高鼾《たかいびき》をかいて眠ってしまった。野球中継が終わっても、谷が帰ってきた様子はなかった。

「なあキーチ、起きろよ、風呂入ろうぜ」

揺り起こそうとする僕の顎を、キーチは鼾をかいたままいやというほど殴った。考えてみればキーチは、僕のせいで一夜をまんじりともせず明かしたのだ。そのうえ昼間はいわれもないパンチをくらって片目をまっさおに腫らし、浜からの帰りがけには脇腹に回し蹴りを見舞われた。

そう思うと何だか申しわけない気持ちになった。

広間を出れば、上がりがまちにまるで時代劇のセットのような梯子段があり、それをめぐるようにして月かげのさし入る廊下が、奥の風呂場へと続いていた。

「あれ、お友達は」

と、老婆が厨房の暖簾《のれん》から顔を出した。

「眠いからいいってよ。谷さん、帰ってきたの？」

「まだみたい。あの人、ただいま帰りましたって言うから。そこの土間で、小学生みたいにちゃんと気を付けして」

油を引いたように黒くつややかな廊下が、庭に面してまっすぐに延びていた。ガラスは飴《あめ》細工《ざいく》のように歪《ゆが》んでおり、そのせいで片側の座敷の障子は斑紋様《まだらもよう》に染まっていた。どの部屋も灯りはなく、宿は静まり返って、潮騒《しおさい》が間近に聴こえた。

歪んだガラスに額を押しつけて、僕はしばらくの間、漁村の甍《いらか》の果てに並ぶ漁火を見つめていた。

不羈《ふき》奔放のあげくに湘南の根城を追われ、なりゆきでここにやってきた。見知らぬ海で、僕らはじたばたと自分の居場所を探し続けたのだった。欲望のおもむくままに、そうと願えばまるで打ち出の小槌《こづち》をふるうみたいに何でも手に入る僕らは、いわば高度成長期の申し子だった。いくつか上の世代は、闘って何かを獲得しようとする意志があるけれども、僕らにはそうした野性が徹底的に欠けていた。

それでも僕らは、駄々さえこねればたいていのものを手に入れることができた。

たとえば——はるかな漁火を見ながら僕はとっさに、その夜の彼方の水銀色の光のつらなりを、掌《てのひら》の中に欲しいと考えたのだった。

学問という本分さえ失わなければ何をしてもいいのだと信じ、実際その通りに勉強をし読書をし、酒をくらい博奕を打ち、数限りない女を抱いた。こういう生活が許されるのは、僕らが人類史上最も幸福な時間に生まれ合わせたからにほかならなかった。

恋をしたのではないと、僕は自分自身に言いきかせた。つまり嫉妬は恋のせいではなく、欲したものが思い通りにならない不満と焦慮のせいだと思った。

ガラスの中で、僕は遠い漁火に手を触れてみた。大学に行き、社会に出ていつか大人になったとき、こんなふうにして育った僕らはいったい何をするのだろう。不満と焦慮をエネルギーにかえて、新しい時代を作り出すことができるのだろうか。

ふと、窓の中の群青《ぐんじょう》の夜空に、豆電球が映りこんでいるのに気付いて、僕は振り返った。

谷がひと夏を素泊まりで借りているという三畳間の障子が開いていたのだった。

闇に慣れた目に、その北向きの座敷のありさまがはっきりと見えた。廊下からさし入る月明りが、僕の影と障子の輪廓を、小さな部屋の奥深くまで倒していた。

敷蒲団《しきぶとん》と肌がけのタオルケットと枕が、まるで切り取ったようにきちんと畳み上げられていた。カーテンレールには、何枚もの黒いポロシャツとトレーナーとがハンガーに吊られて、兵隊のように整然と並んでいた。壁ぎわに、真新しいスポーツバッグがいかにも意思をもってそこに置き定めたかのように置いてあった。

荷物といえばもうひとつ――さし入る月かげの先に、食事のときに使うのと同じ漆《うるし》の箱膳が据えられており、その上に白木の位牌《いはい》と、盃とが置かれていた。

長い懲役の間に死んでしまった父か母のものだろうか。あるいはかつて殺してしまった男の菩提《ぼだい》を、そうして弔《とむら》っているのだろうか。

三畳間は清浄な夜気に満ちていた。

僕は敷居のきわに立ちすくんでしまった。ひとりの人間の暮らしを、そんなふうにあからさまに覗《のぞ》いてしまったためしはなく、またひとつの人生が、そんなにも簡潔なものだとは知らなかった。

僕が見たものは、谷のすべてだった。

「ただいま帰りました」

そのとき明るい声が廊下を伝った。僕は身を翻《ひるがえ》して風呂場に駆けこんだ。

いかにも網元の邸の湯殿といった風情の広い風呂で、僕は蒸し上がるほど湯につかり、砂と潮風を念入りに洗い流した。

やがて廊下を鼻唄が近付いてきて、谷が引戸を開けた。

「入ってもいいか」

「どうぞ」

僕はタイル張りの深い湯船の中で背を向けた。

「相棒から、ゆうべのこと聞いたか」

手桶《ておけ》で体を流しながら谷は唐突に訊ねた。僕は答えずに顔を洗った。

「あのよ――」

細い体を軋ませて湯船に入ると、僕の横顔を窺《うかが》うように谷は言った。

「きょうは、気を揉ませてすまなかったな」

どういう意味なのだろうと、僕は少し考えた。

「谷さん、やってきたの？」

は、と谷は素頓狂な声を上げた。

「やったって、何を」

「だから、あの女とやってきたのか、って」

「ばあか」

と、谷はおかしそうに笑った。

「気を揉ませてすまなかったって、言ってるじゃないか。お客の女に手を出すほど不自由してないよ」

僕はほっと胸を撫で下ろした。と同時に、谷が僕らよりよほどきれいな言葉を使うことに、初めて気付いた。

「俺、お客ですか」

「そりゃそうさ。東京からはるばるやってきてくれて、金を落としてくれるんだから」

「はるばるでもねえよ」

長い懲役が明けて、ようやく海水浴場のボート番の仕事にありついた谷にとっては、東京ははるかな場所で、五百円の売上は大金なのかもしれない。

「どうしてやらなかったの。あんな女、わけねえのに」

「だから、たとえ据え膳だって、お客の女に手を出すほど不自由してないよ」

「あいつ、べつに俺の女じゃねえけど」

「そっちの女じゃないって――ゆうべやったんだろ」

「まあ……やることはやったけどさ」

「なら、そっちの女じゃないか。ハンコついたのと同じだ」

やくざの間にはそういう決まり事があるのだろうかと僕は思った。

「俺、よくわからねえ」

「何が？」

「据え膳食わぬは男の恥っていうだろ。あいつ、谷さんに粉かけてたもんね、どう見たって」

谷は青々とした彫物の腕を洗いながら、言葉を探した。

「あのなあ、おにいちゃん。俺は十五の齢《とし》からテキヤやってて、学もないし、金もないし、ほかの世界のことは何も知らないけど、出されたものを食うか食わないかっていうぐらいの分別はあるよ」

「分別、ですか」

それはずいぶん重い言葉だった。親も教師も教えてくれなかった重要単語のように思えた。

「テキヤにはテキヤの掟というのがあって、俺も親分や兄貴分に教えられたことをそうそう覚えているわけじゃないけど、ともかく他人の女には決して手を出しちゃならないんだ。なぜかっていうと、テキヤは商売で家をあけることが多いだろ。だから亭主や男が留守の間に女をどうこうするっていうのは、最低なんだよ。みんなが商売に気を入れられるようにだね、その掟だけはちゃんと守る」

へえ、と僕はしみじみ感心した。だとすると、ゆうべキーチに自分の女を分け与えたというのも、その「分別」のうちなのだろうか。

「あとはな、お客を大事にするっての。何もかたぎの店で買物をすりゃいいものを、お客さんはわざわざヤクザな露店で物を買ってくれるんだからな。信用なんか、これっぽっちもないんだよ。祭りが終わればどこかにいなくなるんだし、夏が過ぎりゃまた別の商売するんだし。だからお客さんにはちゃんと頭を下げて、言葉づかいもだな、ていねいにしろって教わった」

「じゃあ聞くけどよ。ゆんべ俺のダチに女をあてがってくれたのは、お客にサービスしたってわけか」

「サービス……サービスねえ。そうじゃないな。気分が良かったから、酒をおごって、女をおごっただけだ」

何とわかりやすい男だろうと僕は思った。

湯の中に並んで座りこむと、闇を貫いて潮騒が聴こえてきた。虚飾の何もない、男というオブジェと、僕は並んで湯につかっているのだった。

「あのな、おにいちゃん。ほんとのこと言うと、実は俺、そっちに義理だてしたわけじゃないんだ」

「え？　――」

「ほんとは、いい女だからやっちまおうと思ってたんだ。半分くらいは。ところが、一緒にメシ食ってたら、あの女、変なことを言い出した」

「変なこと、って？」

「あした、東京から彼氏がくるんだと。それがどうも、俺をいやがる口ぶりじゃないんだな。つまり、今晩だけよって言ってるわけだ。わかんないねえ、女っていうのは。男は惚れた女に多少の義理は感じて、遊ぶにしたって頭で考えながらするけど、女はちがう。これはこれ、それはそれって、体で物を考えるんだな」

僕はべつだん驚かなかった。恋をすると律義になるのは男のほうで、そういう点では女のほうが貞操は薄い。僕らの仲間うちでも男と女の揉めごとの原因は、女にあることが多かった。

「俺は、そんな話を聞いてたらよけいその気になったかもしれねえ」

「だめだめ」

と、谷は笑った。

「そういう半端な男がいるから、女は苦労するんだよ。いや、そっちを責めてるわけじゃないよ、知らなかったんだろう？」

「知らなかった。ひでえ話だな」

「知ってたら、やったか」

さて、どうだろう。僕が半端な男であるかどうかはともかく、明日は恋人がくるから今夜だけと言われたら、やはりその気にはなれなかったかもしれない。それは男子の尊厳にかかわる問題だ。

「やっぱし、やんねえな。道具に使われてるみたいで、いやだ」

「よおし」

と、谷は僕の肩を嬉しそうに叩いた。


スイバレ、という美しい言葉を知っているだろうか。

あくる朝は篠《しの》つく大雨で、拍子抜けした僕らが帰り仕度をしていると、谷は玄関の土間から空を見上げて言ったのだ。

「やあ、スイバレかあ。仕方ないねえ」

スイバレはたぶん「水晴れ」と書くのだろう。キーチが意味を訊ねると、雨のことだよと谷は答えた。

「パチンコでもしてきなよ、谷さん。雨の日はよく出るっていうじゃないの」

と、老婆が笑った。

「パチンコねえ……スイバレだからパチンコしてるっていうのも、はたから見りゃみじめだな。テレビでも見て、ゴロゴロしてるか」

「まあ、それもいいやね。毎日浜でボート番してたら、しまいにゃ干物《ひもの》になっちまうよ。体にはいいおしめりさ」

「朝飯、食わしてくれますか」

「あいよ」

谷は老婆にかわって車まで僕らを送ってくれた。

「八月いっぱいやってるから、またこいよな」

車の窓から真黒な顔をつき入れて、谷は明るい声で言った。それから何を思ったか車のフロントに回って傘をとじ、気を付けをして、スポーツ刈りの頭を深々と雨の中に垂れた。

「ありがとうございました。またどうぞ」

エヌコロのワイパーが滴《しずく》を拭《ぬぐ》うたびに、黒猫のように背を丸めて僕らを見送る谷の姿が見えた。決して卑屈ではなく、むしろ誇り高い男の姿だった。

「あいつ、やっぱカッコいいな」

別れの言葉のかわりにエンジンを吹かしながら、キーチはしみじみと言った。

海岸通りは雨に煙っていた。海の家は葭簀をおろしたまま、浜辺に人影はなかったが、水平線は白い帯を解いたように明るかった。午後には晴れるかもしれないと思っても、今年の夏にもう未練はなかった。

「スイバレってよ、雨が降っても晴れてるぞって意味か。何だか負け惜しみみてえだけど」

思い出したようにキーチが言った。露店商は呪わしい雨という言葉を嫌って、そう呼ぶのだろう。男の純情がそのまま声になったような、美しい言葉だった。

横断歩道で野良犬をやり過ごしていると、対向車線に真赤なムスタングが止まった。雨だというのに幌《ほろ》をはずしたコンバーチブルだった。

「だっせえな。何だよ、アレ」

「山の向こうは晴れてるんだろ」

ムスタングのシートには派手なアロハを着た男と、ミサが乗っていた。

とたんにキーチは、クラクションを鳴らしながらハンドルを右に切った。車はスタートしかかったムスタングにバンパーをこすりつけて止まった。

「やめとけ、キーチ」

僕の手を振り払って車から下りると、キーチはボンネットを蹴とばして左ハンドルの運転席に近寄った。

「どこ見て運転してんだよォ、このタコ」

いきなり胸ぐらを摑み上げるや、キーチは目の覚めるようなパンチを男の顔に見舞った。

ごつんと骨の音が聞こえた。

ミサは助けを求めるように、濡れそぼった顔を僕に向けた。僕は覚めた頭の隅で、けっこういい女だなと思った。

運転席に戻ると、キーチはアクセルをやかましく空吹かししながら叫んだ。

「とんだスイバレでよ、ごくろうさん！」

エヌコロは弾丸のように海岸通りを駆け出した。

山が迫って緩い登りにかかると、雨は小止みになった。

「あの野郎、本物の慶応ボーイじゃねえのか」

キーチの声は空が白むほどに明るくなるようだった。

「そうかもしれねえな」

「俺も慶応に行くかな」

「おまえが決めることじゃねえだろ。行けるもんなら行ってみな」

「おお、上等じゃねえか。行ってやるよ。まさかムスタングのコンバーチブルなんて、乗らねえけどな」

エヌコロのギヤをシフトダウンして、キーチは苛立《いらだ》たしくアクセルを踏みこんだ。

「今から親父に約束させっからよォ。慶応にうかったらポルシェを買えって」

一年中お祭りみたいなキーチの親父なら、この取引には応ずるかもしれないと僕は思った。

「きょうはスイバレでよォ！」

よほど気に入ったのか、キーチはクラクションを合の手に鳴らしながら、何度も同じ文句を連呼した。

卒業写真

飛行機事故で死んでしまったオーティス・レディングの歌声が、まるで僕らの去りゆく青春を悼《いた》むように流れていた。

ショット・バーの暗いガラス窓から眺める霞町の並木道は、夜が更けるとその名の通り霧に包まれた。

寒い冬の晩にはなおさらのことだ。しかも店の名が「ミスティ」というのだから洒落《しゃれ》ている。今では西麻布と呼ばれているその交叉点のあたりは、東の六本木からも西の高樹町《たかぎちょう》からも急な下り坂で、青山墓地の木立ちや米軍キャンプの芝生から湧いた水蒸気が、霧になって真夜中の街路を流れて行くのだった。

憂鬱な年が明けてほんの間もないころだったと思う。大学入試を目前に控えた僕らが、なぜその晩にかぎって町にくり出したのか、誰が言い出しっぺだったのかは思い出せない。ともかく僕と良次とキーチはお揃いのコンポラのスーツで踊りに行き、女にふられたあげく、霞町のミスティで飲んだくれていたのだった。

「したっけ、何だかんだいって伊能はお坊っちゃまだよなあ。一人っ子だから、エヌコロぶつけりゃロータリークーぺだってよ。入試もあれに乗ってくんか。学校案内に駐車場なんて書いてねえぞ。路上駐車して捕まりゃ面白えな」

カウンターにもたれて、窓の外に停めた僕の車を指さしながら、良次が言った。その胸ポケットから櫛《くし》を抜き出して、キーチがパーマの髪にあてる。

「そういうおまえだって、ブルのSSS《スリーエス》買ってもらったじゃねえか」

「あれは兄貴と共有だって。しかも毎日俺が洗車するって条件でよ——おまえ、いいかげん床屋へ行け、伸びたパーマぐらいみっともねえものはねえぞ」

「伸びたんじゃねえよ、伸ばしてんだ。一応は受験生だしな。人並に長髪にしようと思ってよ」

僕と良次は両側からキーチの髪をかきむしった。恵比寿の魚屋の倅《せがれ》であるキーチに似合うヘア・スタイルといえば、誰がどう考えても坊主刈かGIカットで、大巻きのパーマさえ友人としては勘弁してやっているのだ。

「てめえ、大学行って本当に長髪にしてやがったら絶交だぞ」

と、良次はけっこう真顔で言った。

「どうせ浪人だよ。おまえんちみてえに親がマメじゃねえから推薦に洩れた。せっかく先公がどうしますかって言ってるのに、うちの親は耳も貸さねえ。俺が抜けた分だけおまえに枠が回ったんじゃねえのか、え？」

　キーチの言い分にはそれなりの説得力がある。僕らはそろって「バカ組」と呼ばれる私立文系クラスだったが、学校は都内でも有数の進学校だったので有名私立大への推薦枠があったのだ。良次がその枠にすべりこんだのは、彼より上位の者が出願をしなかったからで、キーチは明らかにその一人だった。

「おまえがおやじとバカな約束するからだろうが。ざまあみやがれ」

　キーチはあろうことか父親に、「慶応にうかったらポルシェを買う」という約束をとりつけたのだった。一年中お祭りのようなおやじと、似た者の倅との間の発作的な契約だったのだが、秋が深まり冬が来るにつれ、否《いや》が応でもさし迫る現実に、約束は深刻になって行った。

　息子が慶応に行くことよりも、ポルシェを買うはめになることを怖れた父親は新年早々、重大な宣言をしたのだった。

「ひでえおやじだよなァ、この期《ご》に及んで同じ慶応でも経済じゃなきゃだめだって。しかも浪人は許さねえ、魚河岸《うおがし》だってよォ――どうすんだ、キーチ。にっちもさっちも行かねえじゃねえか」

「大きなお世話だよ。おまえは女と同じ大学行って、せいぜい仲良くやりな。どうせ結婚するんだろ。おい、聞いてるのか良次」

良次は不愉快そうに顔をしかめて、ビールを一気に呷《あお》った。

女というのは帰国子女の宮本理沙で、学部はちがうが同じ大学の推薦をとっていたのだ。

「あのな。ここだけの話だけど――」

良次はふいに気弱な声で告白した。

「リサとは別れるっていう条件つきなんだ」

「げっ、ほんとか良次。誰がそんなひでえこと」

キーチはうろたえた。

「誰って、大学がそんな条件つけるわけねえだろ。うちの親さ」

僕とキーチはわがことのように悲しい溜息をついた。良次の父親は謹厳きわまる役人で、二人の兄と一人の姉は揃って同じ高校のOB、しかも全員が東大という、そら怖ろしい家だった。いわば「みそっかす」の良次が、私大推薦を親に承諾させるにあたり、不良少女との決別を約束させられたのも、さほど不自然な話ではなかった。

「ということは、やっぱり――」

と、キーチは僕を横目で睨んだ。

「そうさ。やっぱり伊能は恵まれてるのさ。何だかんだ言って、お坊っちゃまだよな」

「エヌコロつぶしゃロータリークーぺで、大学行くにもどうこう注文をつけられるわけじゃなし」

「いずれ就職にあぶれたって、写真館の跡取りでよォ」

たしかに、自由な人生の選択という点で、僕は友人たちより恵まれていた。しかし何となく気付いている不安があった。それは僕の家の、僕に対する「自由な人生の選択」の理由だ。

「あのな、跡取りも何も、写真館なんて商売、もうだめなんだぜ。よく考えてみてくれ。去年まではうちの学校の卒業写真、俺のおやじとじじいが来て撮ってたろう。じじいなんか戦争前の旧制中学のころから出入りしてたんだぜ。それを今年から、写真はぜんぶ先公が自前で撮って、アルバムも製本会社が作るっての。わかるか、そういう世の中になっちまったんだよ」

へえ、と二人の友人は神妙に聞いてくれた。実際僕の家は、明治生まれの写真師という祖父の矜《ほこ》りだけで、ほとんど収入のない店を開けているのだった。まさか父も祖父も、僕に写真館の跡を継がせようなどと思っているはずはなかった。僕に与えられた「自由」は、「勝手にしろ」というほどの意味で、潤沢な小遣いは父母がやけくその消費に走っているその余禄にちがいなかった。

遊び人だが聡明な友人たちは、僕の立場をたちまち理解してくれた。

「そうよなあ、卒業写真っていったって、三百人の顔をひとりひとり撮って、先公もぜんぶ撮って、学校の写真とか集合写真とか——商売にすりゃバカにならねえよなあ」

と、ことに商家の息子であるキーチは呑《の》みこみが早かった。

「義理もへったくれもないんか。それとも都庁とか文部省とかからよ、そうやって金を節約しろって言われたのかな。帰ったらおやじに聞いてみよう」

良次は気の毒そうに僕の横顔を窺った。

時刻は十時を回って、いくら何でも合格祈願の初詣にしては遅すぎた。

がらんとした店内にオーティス・レディングの歌声が流れ続け、年配のバーテンダーは僕らの帰りを促すようにグラスを拭き始めた。暗い色のガラス窓の向こうは、街灯の光がまんまるににじむほどの霧の夜だった。


「伊能……あれ、おまえんちのじじいじゃねえの？」

ミスティから出たとたん、キーチが怖いものでも見つけたように囁《ささや》いた。

僕はびっくりして立ち止まった。

「そんなわけねえだろ――」

「あ、ほんとだ。おまえのじじいだぜ。何やってんだ今ごろ。お迎えか？」

と、良次も路上に立ちすくんだ。

霧の街に目を凝らす。とたんに僕は、通りの向こう岸に、とうてい信じ難い祖父の姿を発見したのだった。

このところ祖父はひどく呆《ぼ》けてしまって、食事を済ませたことを忘れたり、父と僕とを取りちがえたり、あちこちを徘徊したあげく警察の厄介になることさえあった。

そんな祖父が、身も凍るような真夜中の路上に、ぼんやりと佇んでいるのだ。

祖父は革の半コートを着、鳥打帽を冠《かぶ》り、襟巻を巻いた首からライカを提げて、僕らを見つめている。

僕はあわててガードレールを飛び越えた。キーチも良次も僕の後から走ってきた。

「よう」と、祖父は僕らに向かって微笑《ほほえ》みながら手を振った。

「おまえを迎えにきたんだ。何やってんだよ今《けえ》ごろ。カゼひくぞ」

「ぼちぼち帰って勉強しねえといけねえだろう――やあやあ、みんな一緒かね。ええと、恵比寿の魚松の倅と、岡田さんとこの末ッ子。はい、こんばんは」

正確に名指しをされて、キーチと良次は礼儀正しく、こんばんはと答えた。

「どうしてわかったんだよ、ここが」

「車が置いてあった」

僕は背筋が寒くなった。僕の帰りを待ち侘《わ》びて探しに出たにしても、麻布十番の家から霞町は遠い。まして僕らの根城など、祖父が知るはずはなかった。だとすると祖父は、界隈をあちこち歩き回ったあげく、僕の車を見つけ出したことになる。

「俺を探してたんか」

「ああ。勉強しねえと、大学にうかんねえだろ。おめえはバカだから、真一みてえに慶応に行けとはいわねえが、大学だけァ行ってもらわねえと身が立たねえよ」

真一とは、戦争で死んだ僕の伯父——つまり祖父の跡を取るはずだった長男のことだ。いったいどこまで呆けていて、どこまで正気なのか、ともかく真冬の街路を歩き回って僕を探し続けた祖父は、死人のように疲れ切っていた。

すっかり怖れ入ってちぢかまる友人たちに向かって、祖父はべつだん叱るふうもなく言った。

「二人とも、うちへ来て飲み直せや。試験前だって正月だしよ。なあに、魚松のおやじも岡田さんの旦那も、伊能の写真屋に引き止められてたって言やァ文句は言わねえさ。みいんな七五三のお宮参りから結婚の祝言から店開きから、俺が撮ったんだ。ハハハ——」

「ハハハ、じゃねえだろ、じじい。帰るぞ」

僕は祖父を抱きかかえるようにして車に向かった。

祖父の小さな体は氷のように冷えきっており、明るい笑い声とはうらはらに、僕の腕の中で小刻みに慄《ふる》え続けていた。

祖父の愛用していたカメラはライカⅢという名機で、軽合金ダイキャストボディーに変わる以前の、ずっしりと重い代物だった。

初めて撮影した一枚は母が七つの祝いの晴着姿だったというから、数え年なら昭和九年製、満で数えれば十年製ということになる。

三十何年も肌身離さず、いつも首から革のストラップで胸前に吊るされていたライカは、祖父の体の一部だった。ことに呆けてしまってからは、食事のときもトイレに入るときも、首からはずそうとはしなかった。床に就く前には正座をして手入れをし、朝起きてくるときには、ちゃんと胸の前に吊るされていた。

それほど大切にしていたものなのだから、僕や母はおろか、愛弟子《まなでし》である父にすら決して手を触れさせようとはしなかった。日ごと喪《うしな》われて行く祖父の心は、まるで古いライカに吸いとられているようにさえ思えた。何かの拍子にちょっとでも手を触れようものなら、祖父はどんなに機嫌のいいときでもたちまち顔色を変えて怒鳴った。

そのころでは、ライカは祖父の体の一部というより、目に見える魂になっていたのだった。

霞町から祖父を連れ帰った晩、祖父と僕らがおせちの重箱を囲んで酒盛りをしているところに、まるで殴りこむような剣幕で父が帰ってきた。

怒るのは当然だ。風呂屋へ行くと言って出たきり、祖父は失踪してしまったのだった。

祖父は黙って盃を舐めていたが、僕を探しに出たなどという本音を吐かれては話がややこしくなるので、僕は逆に父を責めた。

「呆けちまってるんだから仕方ねえだろう。それより何でじじいをひとりで風呂なんかに行かせるんだ。あわてて探しに出るにしたって、テレビはつけっぱなし、鍵はあけっぱなし、だいたいが無神経なんだよ、おやじもおふくろも」

呆れるほど素直な性格の父は、とたんに自分の非を悔いたのか、怒りの矛先《ほこさき》を急に僕らに向けた。

「ところで、おまえらは何をやってるんだ。いくら正月だからって、高校生が夜遅くまで酒盛りなんかしやがって」

そうこうするうちに、母が戻ってきた。泣くか怒るかと思いきや、見栄ッ張りの母は笑顔を繕《つくろ》って、かいがいしく僕らの接待を始めた。要するに祖父の徘徊癖とか夫婦の取り乱したさまを、僕の友人たちに見せたくないのだ。

「岡田君は推薦がとれたんですってねえ。秋元君は成績がいいから、一晩くらいはいいわよねえ。でも、酔っ払い運転は何だからさ、泊まってきな」

そんなわけで、大騒動はわけのわからぬうちになごやかな宴になってしまった。

友人たちの家には母が電話をした。

「すみませんねえ。年寄りが放さないもんで――」

祖父は好物の鯊《はぜ》を不自由な歯で嚙みながら、僕らの話に黙って耳を傾けていた。

翌る朝、僕は母の嬉々とした声に叩き起こされた。

何でも今年の勧進帳は幸四郎の弁慶、松緑の富樫、雀右衛門の義経で、誰が何と言ったって見逃すわけにゃいかない、おとうさんも一緒だから、あとは頼んだよ、というわけだ。

そんな予定はちっとも聞いてはいなかったが、江戸ッ子の身勝手さをたがいに責めても始まらない。

「じいさんは？」

「スタジオをかたしてる。おまえらの卒業写真を撮るんだってはりきってるよ」

「へえ。卒業写真――」

父も母もかかわりを避けて出かけるのだな、と僕は直感した。たとえ思いつきでも、祖父は言い出したら聞かない。

母が出て行ったあと、僕は雑魚寝《ざこね》をする友人たちの鼾《いびき》を聞きながらこんなことを考えた。

僕の高校がまだ旧制中学のころから、祖父はおりおりの行事の写真撮影を一手に引き受けていた。学徒動員で出征したまま帰ることのなかった伯父が入学したときからの付き合いだそうだ。ということは、もしかしたら祖父にとっては、僕の卒業写真を撮るということが大きな意味のある仕事だったのではなかろうか。少なくとも、三十年間撮り続けた卒業写真の、それは集大成でなければならなかったはずだ。

カメラがどこの家にも行き渡って、町の写真館などは時代の遺物になってしまったが、そんなことなど百も承知の祖父は、地元高校の今年の卒業写真をしおに、麻布十番に昭和の初めからずっと続いた「伊能写真館」のアルバムを閉じようとしていたのではあるまいか。

僕は胸苦しい気持ちになって床を脱け出し、階下のスタジオに降りた。

店続きの、一段高くなったスタジオの籐椅子に座って、祖父は古写真を見ていた。足元にはロッカーから引き出された祖父の作品が、堆《うずたか》く積み上げられていた。

「おはよう。何してるんだよ」

宿酔《ふつかよい》に悩む孫の顔をちらりと見上げて、祖父は答えた。

「クソしてるみてえに見えるか？」

ふしぎなことに朝の祖父はいつも正気なのだ。多摩川を渡れば通用しない江戸前の洒落も出る。

「クソみてえなもんじゃねえかよ」

「ばかやろう。このクソを食ってでかくなったのァ、どこのどいつだ」

べつに口論をしているわけではない。僕と祖父の朝の挨拶は、いつもこのようなものだった。

「かえすがえすも、このアルバムはよくぞ作ったもんだ。見てみろ」

昭和十六年という金箔の文字の入った四六判の黒いアルバムを、祖父は僕の手に押しつけた。

「戦時統制下で、紙はねえ、満足にフィルムも印画紙も調達できねえようなときに、生徒の頭数だけぴったり作った。弟子どもはみんな兵隊にとられちまってるし、ばばあと二人きりで夜なべした」

正門から写した校舎と、生徒の顔写真とクラス別の集合写真が、プリントのまま黒い台紙に貼りつけられていた。これを生徒の頭数だけ作るというのは、気の遠くなるような作業だったにちがいない。

「大変だったろうな」

「おう。アゴも出た。オアシも出た」

今様に言うのならボランティアというべきだろう。予算の定まった府立中学に、余分な金はあるまい。しかも非常時のことだ。

「真一おじさん」

僕はセピア色に灼《や》けた見知らぬ伯父の肖像を指さした。

「男前だろ。おめえと似てる」

「そうかな」

「ええかっこしいで、一高に行きゃいいものを、フライパンにぶっちげえの帽子の方が格好いいやって、慶応の予科に行ったんだ。デキはよかった。せめて医学部か工科に行ってくれりゃ——」

祖父は愚痴を呑みこむように言葉を噛んだ。たぶん理科系に進めば召集の免除か延期のような制度があって、死なずにすんだかもしれない、ということなのだろう。

「あれえ……これ、良次のおやじじゃねえの？」

どれ、と祖父は老眼鏡をかしげてアルバムを覗きこんだ。

「おう。岡田のケンちゃん。こいつは優秀でよ、真一もかなわなかった。子供らもみんなデキがよくって、親子で四人も卒業写真を撮らしてもらった」

「もうひとり、撮れりゃよかったのにな」

「もうひとりって？」

と、祖父はそらとぼけた。

「良次だよ。四人兄弟の末ッ子」

「あのみそっかすか――」

ちょうど折良く、みそっかすが起き出してきた。寝ぐせで逆立ったリーゼントを指でかき上げながらスタジオに降りてきた良次は、勝手に祖父の綿入れ半纏《ばんてん》を羽織っていた。

「ふあ、頭痛え。じじい、生きてるか」

「それを言うなら、起きてるか、だろう。このできそこない」

「ああ、そうか。おはようございます、ゆうべは、どうも」

「魚屋は？」

「クソしてる」

言いながら良次は、まじまじと祖父の顔を見た。正気の様子が意外だったのだろう。

「じいさん、朝は体調がいいんだ」

と、僕は妙な言いわけをした。

実際、祖父の呆けは医学的な説明が難しいくらい症状が不規則だった。朝は正気で午後は呆け、とも言えたが、その一方で父母の前では呆け、僕の前では正気、という気もした。もちろん後者の法則性は僕しか知らない。だから祖父の呆けは狂言だったのではないかという僕の仮説を、父母は信じようとはしなかった。

若い時分の父親の写真をひとめ見て、良次は笑い転げた。

「おめえんちにもあるはずだぜ。見たことねえのか」

知らねえ、と良次が答えると、祖父は遠い目をして淋しげに呟いた。

「空襲で焼いちまったのかなあ」

キーチがどうしようもないパーマの寝ぐせのままやってきた。

「キーチのおやじは、まさかいねえよな」

「恵比寿の魚松は、このバカの開店祝いと店の七五三」

僕らの様子を見てとっさに話題がわかったのか、キーチはワッハッハと父親そっくりの高笑いをした。

「それを言うならよ、店の開店祝いとバカの七五三だろ。はいはい、ありますよ。今でも後生大事に鴨居《かもい》にかかってらあ。開店祝いの写真と、俺の五歳のお宮参り。知ってっか、じじい。ごていねいによ、『伊能夢影撮影』って書いてあるんだぜ」

夢影というのは祖父の雅号である。祖父はよほど気に入った写真には、額にその銘板を貼り、代金を受け取らなかった。

「こいつ、慶応を受けるんだってよ」

と、僕は伯父の話を思い出して言った。

「魚屋の倅が大学行ってどうすんだ。おやじの代でしめえか」

言いながら祖父は、見ようによっては賢そうなキーチの横顔を凝視して、

「ああ、だが案外とフライパンを乗っけりりゃ似合うかもしらねえ」

と言った。

「きょうび学生帽なんかかぶんねえよ、じいさん」

「へえ。なくなっちまったんか」

「そりゃあ、あるにはあるだろうけど」

「なら、かぶれ。そんな石川五右衛門みてえな頭ァバッサリ切って、学生服にフライパンかぶれ。いいぞォ、ありゃあ。何たってここいらはお膝元だ」

さあて、と祖父は立ち上がって伸びをすると、アルバムを片付け始めた。いかにも仕事に

かかるというふうに、身のこなしが軽い。

「何するんだよ」

「仕度《したく》しろ」

「仕度って？」

「おめえらの写真を撮る」

ああ、ああ、と僕らはどうしようもない声を上げた。

「いやとは言わせねえ」

「言わねえよ！」

と、僕らは同時にやけくその声を揃えた。


一葉の写真がある。

麻布の店を売り払って引っ越した郊外の家の居間に、それは祖父母と伯父の遺影に並んで、檜《ひのき》の鴨居を飾っている。

「伊能夢影」の刻印が額に捺《お》してあるが、それが被写体である老人の名か、あるいはカメラマンの名であるのかはわからない。

もっとも「初代・伊能夢影」を「二代目・伊能夢影」が撮ったのだから、どちらでもいいということになるのだが。

そのモノクロ写真は、父が「写真家」と呼ばれるようになったいわばデビュー作で、祖父が亡くなる前年にコンテストの第一席に選ばれた「老師」と題する一枚だった。

祖父は父に厳しかった。二代目を継ぐべき一人息子が戦死し、腕のよい弟子たちもみな兵隊にとられたり商売替えをしたりして、結局戦後に一人だけ居残っていた父を、娘に添わせたのだった。そんな事情がある上に二人の性格が性格だから、祖父はいつも父をいじめているように見え、父は祖父を避けて気ままな風景写真を撮り歩いているのだと、誰もが思っていた。

名人だが因業《いんごう》な義父と、無能で自分勝手な婿《むこ》——グランプリに輝いた「老師」の一枚は、そんな世評をいっぺんに吹き飛ばす傑作だった。しかもタイトルが「老父」ではなく「老師」であったことは、常にレンズを通して対峙《たいじ》し続けた二人の関係をおのずと語っていた。そして父は、コンテストの応募に際して堂々と、「伊能夢影」を名乗った。よほど自信があったのだろう。

青山の絵画館を背にして、祖父が銀杏《ぎんなん》の実を拾っている。一面に散り敷く朽葉《くちば》の上に膝をつき、ステッキを投げ出し、旧式のライカを腰に回して、まるで何かを探しあぐねるように、祖父は背を丸めてはいつくばっている。冬の弱日《よわび》が魔物のように影を曳いている。

真実の木の実を懸命に探し続ける老いた芸術家と、その姿を見究《みきわ》めようとする弟子のまなざしが、二人のことなど何も知らぬ鑑賞者にもはっきりと感じとれる。

「老師」は名タイトルだった。

ところで、父がその写真をいつの間に撮ったのか僕は知らないのだが、関りのある記憶がひとつだけある。ちょうど同じ季節の同じ時刻に、祖父と同じ場所を歩いたことがあるのだ。

おそらく祖父を病院に連れて行った帰りがけか何かで、たまたま絵画館前を通りすがったか、銀杏《いちょう》が見ごろだから回り道をして行こうということになったのだろう。ともかく僕と祖父は並木道に車を止めて、ぶらぶらと絵画館をめざして歩いた。

みごとに色付いた並木道の果てに、夕日を受けた絵画館のドームが絵葉書のように収まっていた。

ふいに祖父が立ち止まった。

「おめえ、大学なんざ無理に行かなくたっていいぞ」

え、と僕は祖父の表情を窺った。進学をしたくないなどと言ったためしはなく、それほど学問をおろそかにしていたわけでもなかった。

「写真屋の倅が大学なんぞ行って、どうするんだ」

祖父の様子は尋常ではなかった。黄色い落葉を踏んで歩くうちに、祖父は三十年の時間を踏み越えてしまったのだ。ステッキの先で地面を叩きながら、祖父は吐き棄てるように「ばかやろう、ばかやろう」と呟いた。

僕は祖父の小さな肩を揺すった。

「しっかりしろよ。俺だよ、俺。真一さんじゃねえよ」

祖父の魂はじきに戻ってきた。

「ああ……おめえか。何だかよ、歩ってるうちに、頭ん中が真黄色になっちまった。毒だな、ここいらは」

それから祖父は、かたわらのベンチに腰を下ろして、僕の初めて耳にする話をした。


じいちゃん、一生に一ぺんだけ、ライカのシャッターが切れなかったことがある。プリントがねえのは、雨のせいにしたけど、このライカはちょっとやそっとの雨なんかでまいっちまうようなヤワじゃねえ。あんときはじいちゃんがまいっちまったんだ。写真屋がふるえちまってシャッターが切れねえって、ハハ、情けねえ話もあったもんだな。

銀杏《いちょう》の葉っぱはまだちょいと色付いたくれえで、気の早えのがちらちらと落ち始めていたっけ。それでも忙しい時代のこったから、地べたはその気の早え葉っぱだけで真黄色になってた。

ばばあと二人して真一を送ったんだ。ほれ、そこの広場に東條さんがきて、学徒の出陣式をやったのさ。おふくろは女学校ごと工場《こうば》に行ってたし、おやじはあのころは一聯隊だ。

じいちゃんな、真一のことが大好きだった。おめえと同じぐれえ、大好きだった。

だからずっと、どうしてこんなことになっちまったんだろうって考えながら歩ってきた。大学に行くときは止めたんだ。写真屋の倅が大学なんぞ行ってどうするって。だが、あいつはデキがよかったし、末は博士か大臣かてえんなら、写真屋なんてじいちゃんの代でよしてもいいと思った。

おめえのおやじや他の若い衆《し》みてえに、赤紙もらって兵隊にとられるならまだしもあきらめはつく。したっけ、どうして一生けんめいに学問をしてる大学生まで、鉄砲かつがして戦に出さにゃならねえの。ましてや真一は泳ぐこともろくにできねえうらなりで、どうして海軍士官になって生きて帰れるの。

大学になんざ行かすんじゃなかったって、じいちゃんつくづく後悔した。

ばばあはじいちゃんのケツを叩いて、しゃんとしない、みっともないったらありゃしない、って言ってたが、じいちゃんはそれどころじゃあなかった。

真一が死んじまう。真一が死んじまうって、そればっか考えてた。

真一の真は、写真の真だ。

あいつはじいちゃんにとって、たった一枚の、納得のいく写真だった。

そんな真一のあの日の姿を、いってえどうやって撮れっていうんだ。

じいちゃんは日本一のカメラマンで、このライカは世界一のカメラだ。けど、じいちゃんもライカも、あの日の真一だけはどうしたって撮れなかった。構えても指が動かなかった。指が動いても、シャッターが落ちなかった。

だから、雨のせいにしたんだ。


ぶつぶつと独りごちながら、祖父は泣いてしまった。

僕は慰めの文句が思いつかずに、祖父の肩を抱き寄せた。そして、ようやく言った。

「おじいちゃんは日本一のカメラマンで、ライカは世界一のカメラだから、だから写真が撮れなかったのさ。きっとそうだよ」

「うめえことを言いやがる。口の達者なところだけは、ばばあに似やがって」

ひとしきり唸《うな》るように泣いてから、祖父は切実な声を絞った。

「おめえに頼みがある。慶応だけは行ってくれるな。じいちゃん、おめえがフライパンをかぶった姿なんぞ、見たくもねえ。祝いの写真だって、撮ってやれねえからよ」

もちろん僕が慶応に合格する保証はなく、万がいち行ったところで学生帽などかぶるはずはなかった。だが僕は大好きな祖父のために、「わかったよ」と言った。

それから祖父は――

落葉の黄金色に散り敷く舗道に膝をついて、銀杏《ぎんなん》を拾い始めた。

まるで埋もれてしまった一葉の写真を探すように。どこかに消えてしまった生涯にただ一枚の、納得のいく肖像画を探すように。ステッキを投げ出し、ライカを腰に回し、腹這《はらば》いながらうろたえながら、いつまでも落葉を掻き続けた。

もしかしたら僕は、父の撮った写真と僕自身の記憶とを混同しているのかもしれない。しかしまちがいなく言えるのは、あの輝かしい名作を撮影した瞬間の父は、そのときの僕とそっくり同じ気持ちでいたということだ。

父のペンタックスには、ほんのりと薄い色の「嫉妬」というフィルターがかかっていたかもしれない。そして溢れ出る感情を嚙みつぶしてペンタックスのシャッターを切ったとき、父は「伊能夢影」になった。

祖父が学徒出陣の壮行会に臨む伯父の写真を撮ることができなかったのは、人間の情ではなかったと思う。

おそらく祖父は、日本中のすべてが美徳と信じたその姿を、撮るに耐えない醜い形だと見究めたのだろう。

祖父自身さえ人情だと錯誤したそのためらいは、実はカメラマンの冷静な目がそう判断した結果だった。だから心の悲しみとは別の力が、シャッターを押す指を制してしまった。ライカは反応しなかった。

祖父は名人だった。

「おめえは人を上目づかいに見る癖がある。よかねえぞ」

三脚に固定したライカのファインダーから目を上げると、祖父はキーチに言った。

「そうかな。じゃあ、こう」

「オーケー。そのぐれえ顎《あご》を上げてちょうどいい。おっと、顔もまっつぐじゃねえぞ。斜《しゃ》に構えて様になるのァ、芸者と押し売りだけだ」

「わからねえよ。どうすりゃいいんだ」

「頭のてっぺんからケツの穴まで棒を一本通したと思いねえ。よおし、ほらまっつぐになった」

「なんだかよそいきの顔だな」

「男はいつだってよそいきのツラをしてなきゃあだめだ。ハイ、撮りまあす――」

あっち、ねえ、さん、と声を上げて祖父はシャッターを切った。

キーチが僕の学生服を脱ぎ、良次に渡した。

スタジオの籐椅子は深い飴色だった。いったい今まで、何千人のお客がそこに座って、祖父の「一《あっち》、二《ねえ》、三《さん》」を聞いたのだろうと僕は思った。

「おめえは唇がひしゃげてる」

祖父は良次に向かって言った。

「え？　――そうですか」

「人間、どうすりゃ口が曲がるか知ってっか？」

「知らねえ」

「嘘をついたとき。分不相応の見栄を張ったとき。うんざりと愚痴を言ったとき」

「はあ……」

と、良次は気まずそうに小さな会釈をした。

「要するにおめえは、嘘つきの、ええかっこしいの、愚痴っぽいやつだ――ああ、そうそう、あとひとつ。ずっと写真を撮っていると口が曲がっちまう」

片目をつむり、唇をひしゃげたまま祖父はファインダーから顔をもたげる。

「こんなふうによ」

むろん、それは洒落だ。祖父はどんなときどんな相手にも、ふしぎなくらいまっすぐに向き合った。

「どうすりゃ治るんかな」

「簡単さ。笑うときは大口をあけて笑う。ワッハッハ」

「ワッハッハ」

「そうだ。そんで、泣きたくなったら奥歯をグイと噛んで、辛抱する」

良次はお道化《どけ》て口を噤《つぐ》んだ。

「こう？」

「オーケー。男は毎日それのくり返し。一生それのくり返し——ハイ、撮りまあす。あっち、ねえ、さん」

カメラの脇で指をはじきながら、祖父はシャッターを切った。

「いい顔だったぜ。おめえはおやじよりか、兄貴たちの誰よりか色男だ。さて、次が問題——」

学生服を着、詰襟のホックを留める。三人で着回せるほど、僕らの体型は同じくらいだった。

椅子に腰を下ろして、僕はキーチと良次に目配せをした。悪いな、これで終わりだから、という意味だ。友人たちは文句も言わずに付き合っていてくれた。

祖父の体に写真を撮る力など残っていないことを、僕は良く知っていた。暮には僕の出願用の写真を撮ると言って譲らず、ひどいピンボケの肖像を撮った。大学に提出したものは、こっそり父が撮り直したプリントだった。

やはりそのときと同じように、正気を信じて疑わぬ祖父が悲しかった。

「ハイ、こっち向いて。鳩ポッポが出るよ」

まっすぐにレンズを見ることができなかった。僕は祖父に促されてもしばらくの間、中腰に構えた祖父の足元を見ていた。祖父は震える膝を、節立った両掌でかろうじて支えていた。

「ポッ、ポッ、ポッ……ほらほら、こっち向いて。ポッ、ポッ、ポッ……」

もういいよ、おじいちゃん、と僕は胸の中で呟いた。

僕はこの世に生まれ落ちてから十八年間の克明な自分自身の記録を持っている、幸福な子供だった。それがどれくらい幸福なことか、そのとき初めて知った。

アルバムの最初の一枚は、鯉のぼりを広げたスタジオの中央に、素裸の赤ん坊が大の字に寝ている写真だった。

幼稚園のジャングルジムのてっぺんで万歳をしている写真。七五三のおすまし顔は山王様《さんのう》の境内で撮ったものだ。祖母の骨箱を抱いてべそをかいている写真。小学校の校門で気を付けをしている晴れ姿。運動会や遠足のスナップ。自転車の練習。真新しい野球のユニホームを着て、バットを構えている一枚。三角帽子をかぶったクリスマスの夜。買ってもらったエヌコロのバンパーにもたれて、カッコをつけている写真。最後のまともな一枚は、新調したコンテンポラリィのスーツを着て、リーゼントに櫛を入れている。六本木の交叉点までわざわざ出かけて、おやじやおふくろには内緒だぞと、くわえ煙草のポーズまでつけてくれた。

もういいよ、おじいちゃん、と僕は胸の中で何度も呟いた。

おじいちゃんに教えられた通り、僕は一生嘘はつかない。身の丈以上の見栄は張らない。口がさけても、愚痴は言わないから。

世界が赤や青や黄色の色で塗られているなんて、信じないから。世の中の風景や人物は、みんな光と影のモノクロなんだって、僕はちゃんと知っているから。

動いているということは千分の一秒ずつ止まっていることの連続なんだろ。だから人間は、一瞬をないがしろにしちゃいけない。千分の一秒の自分をくり返しながら生きて行くんだ。おじいちゃんに教えられたそんな難しいことも、僕はもうちゃんとわかったから。

もういいよ、おじいちゃん。

――祖父は長いことファインダーを覗いてから、何の注文もつけずにいきなりシャッターを切った。

「あれ。いいのかよ」

「オーケーって、俺だけいいかげんじゃねえのか？」

「オーケー。ごくろうさん」

祖父は腰を伸ばしながら、じっと僕を見つめた。

「おめえには、もう何も言うことはねえよ」

この人は伊能夢影という名の、日本一の、いや世界一のカメラマンなのだと僕は思った。

十八年間、僕の成長の記録を克明に撮り続けた祖父は、とうとう僕の心の中までを撮りおえてしまったのだった。

「もうこれでいい。いい写真が撮れた」

ぼつりと言い残して、祖父はライカを三脚からはずした。

松のとれた朝、祖父はスタジオの椅子の上で、ゴブラン織りのタペストリーの絵柄のようになって死んでいた。

明りとりの天窓から射し入る朝日が、ちょうど真四角のスポット・ライトのように、祖父の亡骸《なきがら》を照らしていた。三脚にはスタジオ用のローライと、父のペンタックスとが据えてあり、そして祖父の膝には、昭和の初めからかたときも離すことのなかったライカⅢが、決して讃えられることのない、また讃えられることを潔《いさぎよ》しとしなかった名カメラマンの栄光そのままに、鈍く、重く輝いていた。

母の悲鳴で駆けつけた父は、その姿をひとめ見たとたん、いきなり殴りつけられた子供のように、立ったままわあわあと泣いた。

呆然と佇んで声もない僕と母を尻目に、父はスタジオの床を鳴らして地団駄を踏み、そのままどうかなっちまうんじゃないかと僕が気を揉むほど、嘆きに嘆いた。「おやじさん、おやじさん」と、それればかりを百回も言った。

「おやじさん、いいですか、ライカに触っても、いいですか」

背もたれにゆったりと腰をかけて、眠るように息絶えている祖父は、今にも「ばかやろう、触るな」とでも言い返しそうだった。

おそるおそるライカを抱き取ると、父はその思いがけぬ重さによろめくように頽《くず》れてしまった。

「何だってよお、おやじさん。何だって看病のひとつもさしてくれねえんだ。まだ聞きてえことは山ほどあるし、わからねえことだらけでよお」

しばらく泣きわめいたあとで、父はふいに、ぴたりと泣きやんだ。

たぶん祖父が、「そんなこたァカメラに聞け」とでも言ったのだろう。

安らかな死顔を見るかぎり、祖父には何ひとつ思い残すことがなさそうだった。面と向かって父の腕前を褒《ほ》めたためしはなかったが、コンテストのグランプリをとった「老師」のプリントを見たときだけ、ぽつりと「いい写真だな」と呟いた。「やさしい写真だ」と言った。

父はその言葉を思い出して、泣きやんだのかもしれない。

祖父の評した「やさしい写真」は、「優しい写真」なのか「易しい写真」なのか――それはたぶん、同じことなのだろう。

愛弟子に奥義を伝えて、老師は逝《い》ったのだと思う。


江戸ッ子のくせにあんがい目立つことが嫌いだった祖父の葬儀は、質素にとり行われた。

なにしろ祖父に言わせれば、世の中の色という色はみんなまやかしなのだそうだ。右目と左目で赤い色がちがって見えるように、色彩は人それぞれにちがうのだから、カラー写真なぞ意味がない、「天然色」なんて言葉は幽霊みてえなものだと、祖父は言っていた。

世界は「かたち」と「光」と「影」とでできているのだ、と。

そんな祖父に、派手な葬式は似合わなかった。

通夜の晩に、僕はふしぎなものを見た。

まさか祖父の亡霊が立ち現われたなどという話ではない。暗室から、僕と良次とキーチの焼き上がったプリントが発見されたのだった。

それはまったくふしぎな写真だった。

三人の表情には放蕩《ほうとう》のかけらすらなく、まるで天使のように清らかで、そのくせひとりひとりの個性が実物よりもはっきりと表現されていた。生き写し、というやつだ。

僕らの青春の千分の一秒を、祖父は心をこめて撮影してくれたのだった。

焼場で写真を渡したとき、キーチも良次も泣いてくれた。

写真そのままにシャイで一本気で口より手の早いキーチは、慶応の経済にうかったら髪を切ってフライパンをかぶり、ポルシェに乗ってじじいの墓参りに行く、と誓った。

やはり写真そのままに、派手好みで見栄ッ張りの良次は、やっぱり女とは別れねえ、親に四の五の言われたら、ギターかついでアメリカまで逃げてやる、と言った。

二四×三六ミリという小さなライカ判のフィルムから引き伸ばされた手札プリントの裏には、呆けてしまった祖父がおそらくこの世のなごりに書いたたどたどしいボールペンの文字で、「撮影・伊能夢影」と記されていた。

祖父は一冊のアルバムにまさる一葉の卒業写真を、僕たちに残してくれたのだった。

青山一丁目と天現寺、六本木と渋谷を結ぶ都電の乗換だった霞町の交叉点は、首都高速の下で西麻布と名を変えてしまった。

威勢のいい江戸ッ子の末裔《まつえい》たちの姿も、今はない。

だが、風の絶えた真冬の夜更けなどにそこを通りすがれば、ワイパーを回すほどの霧が、青山墓地の森から流れてくる。

そんなとき僕は、たいてい路側に車を止め、街灯の丸い輪の中に佇んで煙草を一服つける。

ふるさとは誰かに奪われたのか、それとも僕らが自ら捨てたのか、いずれにせよあとかたもなく喪われてしまった。

ダムの底に沈んでしまった故郷と、どこも変わりはあるまい。

谷あいの道を、粒子のひとつぶひとつぶがきらめきながら流れて行く霧に目を凝らせば、まるでおびただしいスチール写真を撒《ま》き散らしたように、モノクロームの日々が甦《よみがえ》る。

死んでしまったオーティス・レディングのすさんだ歌声とはうらはらに、僕らは輝かしい青春を、この町で生きた。

解説

パルスビートＤＪ　石田　亨

「霞町」という地名が地図から消えて久しい。その名とともに、街を取り巻いていた不思議な熱気も、我々が血を滾《たぎ》らせていた青春時代そのものも、いつの間にか人々の記憶の中から消し去られてしまった。

私は、本文中に登場するディスコ〈パルスビート〉で、オープン当初の六一年代から七十年代前半、ＤＪを務めていた。パルス（当時、私はそう呼んでいた。客はパレビと呼んでいたが）のことを話題にする人は、今ではほとんどいない。当時の音楽事情を伝える書物などにもなぜかまったくと言っていいほど登場しないのだ。しかし、私はその店の持っていた強烈な魅力に取り憑《つ》かれたまま、忘れることができないでいる。それどころか、年々パルスへの想いは募るばかりであった。流れていた音楽、集まってきた人々。その空気を残したい、魅力を伝えたい。とうとう思い昂《こう》じ、昔の友人の後押しもあって、最近二十五年ぶりにＤＪ活動を再開することとなった。

そんな私のこだわりを理解し、クラブに通ってきてくれるパルス当時からの常連、クリーニング屋のケンさんがある日「店のことが小説に出てるよ」と言って持ってきてくれたのが、本書であった。はやる気持ちを抑えてページを開くと、すぐに「オーティス・レディング」「パルスビート」の文字が目に飛び込んできた。思わず快哉《かいさい》を叫んだ。忘れ去られていたあの時代、あの場所が、突然鮮やかに目の前に甦ったのだ。

冒頭から街の風景、若者達の描写、私にとっては何もかも「そうなんだよ。あの頃そのまんまじゃないか」という興奮の連続だった。主人公（浅田氏の分身ともいえる〝僕〟）と一緒に、私は霞町界隈を肩で風切って闊歩《かっぽ》している。そんな空想にいとも簡単に陥ってしまうくらいであった。青山通り沿い、地下鉄銀座線神宮前駅を出てすぐの場所にパルスビートはあった。並びには、外人のコックが石窯《いしがま》でパンを焼いていた『アンデルセン』、レコード屋の『パイドパイパー』、よく女の子を連れて覗きに行った雑貨店『ヌーボー』などが軒《のき》を連ねていた。青山三丁目の交差点近くにあった『ボストンテーラー』で、私も仲間もコンテンポラリースーツ（通称コンポラ）を誂《あつら》えたものである。

当時、コンポラは不良の証《あかし》であったが、コンポラを着ているものからアイビーを着ているものに喧嘩《けんか》を売るようなことはなかった。不良同士の揉《も》め事はしょっちゅうあっても、真面目な者に危害を加えるものは誰もいなかったのである。まして不良は刃物を持つことを恥としていたので、今のように若者が刃物で人を殺してしまう、などということは考えられなかった。

そのコンポラが、パルスビートほど似合う店はなかった。当時の日本は、ロックとグループサウンズが全盛で、まだゴーゴーホールが街を席捲していた頃である。そんな中、パルスはリズム&ブルースだけを流すディスコとしてオープンした。プレーヤー二台を駆使してミキサーで曲をどんどん繋《つな》いでいく、当時としては実に斬新な方法を真っ先に取り入れた店だった。

入り口の階段を下りていくと、レジとクローク。男性八百円、女性は五百円（ちなみに私の日給は千円だったと記憶している）。フロアに入ると天井がとても高い。カウンター席とVIP席が踊り場を囲んでいた。その奥に、鏡張りで長い円筒型のDJブースが、天井まで聳《そび》えていたのだ。客はその鏡に自身の姿が映し出されるのを見ながら踊った。私達DJは、円筒の中の細い梯子《はしご》をよじ登り、畳半畳ほどのブースに座るのである。

「フラッシュライトが炸裂し続け、フロアに踊り狂う若者たちの姿が分解写真のようにしか見えない店の中で――」という本文中の描写は、まさに私がDJブースから眺めていた光景そのものである。まるで、氏が私の身体、瞳を通してフロアを見下ろしていたのではないかという気さえ起こるのだ。

私はいつも、初めにオーティス・レディングの『ドッグ・オブ・ザ・ベイ』をかけた。次にオーティスのバックバンドをやっていたバーケイズの『ソウル・フィンガー』、アーチー・ベル&ザ・ドレルズの『タイトゥン・アップ』あたりで盛り上げていき、クライマックスはやはりオーティスの『トライ・ア・リトル・テンダーネス』で決める。フロアの乗りが最高潮に達したところで、一気に照明を落とし、ブラックライトと一筋のスポットライトだけを残す。そしてこれもお決まりのパーシー・スレッジ『男が女を愛する時』でチークタイムに入るのだった。スロウな曲では自分も一息つきながら、暗闇で抱き合って踊るカップルや、壁際でつまらなそうにしている人などを見下ろしていたものだ。

週末には、男も女も目一杯お洒落《しゃれ》をして集まってきた。客が入りきれず、青山通りに行列ができるときもあった。そんな時は入れ替え制にしていたくらいである。有名人と呼ばれる人達も数多く集《つど》っていた。フランキー堺、中村晃子、五十嵐じゅん、ビートポップスに出ていた藤村俊二など。立川談志はいつも着物に雪駄《せった》で来ていたという記憶がある。

そのうち店の評判を聞きつけ、横浜方面から不良たちが来るようになった。「下品なシャコタンのムスタングや、ステッカーをベタベタ貼ったカマロが、川向こうから大挙してやってくるようになった」のである。そうなると、毎週のように乱闘騒ぎである。ひょっとしたら〝僕〟が明子を救ったときのようなことも、実際にあったかもしれない。いつも従業員や常連たちは、店に置いてあった木刀などで大立ち回りをして彼らを追い払った。そんな時に腰が引けているような者がいれば、あとで強面《こわもて》の先輩にえらくどやされたものだ。その先輩は、ＤＪがダサい曲でもかけようものなら「この野郎、わかってんのかよ」とＤＪブースの下から靴底を本気で突き上げてくるような人だった。近年になって知ったのだが、その先輩は某鉄道会社の御曹司《おんぞうし》だったのだという。十年程前に亡くなられてしまったのだが、当時はそんなことは誰も知らなかった。金持ちも貧乏人も関係なかった。同じ空気を吸って生きていた、ただの仲間だった。

話が脇道にばかり逸《そ》れてしまった。私は本書を読んだとき、ディテールのリアルな再現にまず感服したが、何よりも、そこに生きる人々の心意気、人間模様に深く心を打たれた。そのあたりのせつないような、ほろ苦いような話の巧《うま》さは、氏の小説の魅力をよくご存じであろう読者の皆さんに、私からあらためて語るまでもないだろう。図らずも私は「雛の花」という章に、胸が熱くなってしまった。

〝僕〟の祖母はもと深川の芸者だったこともあり「鉄火の姉御肌」で、座ったとたんに寿司が出てくる店に怒り、鰻屋で「遅いね」と言った〝僕〟を野暮《やぼ》だと叱り飛ばす。そんな彼女の魅力がこの章でたっぷりと描かれている。じつは、私の祖母は乃木坂《のぎざか》に住み、着物の洗い張りで生計を立てていた。お得意さんは赤坂の芸者衆。祖母は仕上がった着物を風呂敷に包んで片手に持ち、もう一方の手で幼かった私の手をひいて、よく置屋へ一緒に連れて行ってくれたものである。芸者の姉さんたちは私のことを大層かわいがってくれ、ときには小遣いを握らせてくれることもあった。そんな祖母や芸者衆の姿が浮かんだのである。

中年になって突然DJを再開し、少年のように中古レコードを買い集めて部屋中埋め尽くそうとしているような男に、妻はよくついてきてくれ、感謝している。パソコン音痴の私に代わり、インターネットでのレコード注文もこなしてくれる。最近、私が五十肩になってしまって利《き》き腕がまったく使えないため、クラブへの重いレコードの運搬まで妻がやってくれている。浅田氏の痛快エッセイ『勇気凜凜ルリの色　四十肩と恋愛』と自分の身を重ね、同年代の氏にますます親近の念を抱かせていただいている昨今である。

当時の常連で、学生だった寺の倅《せがれ》は、立派な住職になったが、毎週静岡から坊主頭でやって来る。私と幼な馴染みの庭師は、いま風の金髪にしてクラブに現れた。妻と小学生の息子を連れて来て、得意そうに踊りを教えていたが、今ではもう息子のほうがはるかに上手に踊れるようになってしまった。六十年代のリズム&ブルースを新鮮に感じるという若者達もやって来る。エネルギッシュに踊っているおじさん達と同世代の自分の親に対しての見方さえ変わった、などと言ってくれる。

金髪の庭師から「またコンポラを着てDJをやれ」とさかんに勧められるのだが、正直に言ってしまうと、もうリーゼントにするほどの髪がないのだ。髪がない——これも確か氏の『勇気凜凜ルリの色』シリーズには欠かせないテーマであった。

パルスビート全盛期から三十余年が過ぎた。六十年代のリズム&ブルースは現代の黒人音楽へ脈々と受け継がれている。これからもそのスピリットは姿を変えながら生き続けることだろう。そしてまた、若者と私達の世代が一緒に踊って楽しんでいる光景を前にすると、良いものは時代を超越して楽しむことができるんだな、としみじみ実感する。パルスビートのあった時代、私達は確かに輝いていた。そのキラキラしていた自分を、もっと信じていいのだ、と思う。浅田氏は、今、社会で必死に生きている四十代、五十代に向け、エールを贈るために、この『霞町物語』を書いたのではないだろうか。そんなふうに私には思えるのである。少なくとも私は、そういう気持ちをこめて、現在もDJを続けている。

今でも気に入っていて、ラストによくかける古いシングルレコードがある。リズム&ブルースではないのだが、洒落で一度かけてみたら私と同世代の人達が大喜びしてくれた。竜雷太が主演をしたあの青春ドラマの主題歌だ。それを聞くと、私の胸には本書を読み終えたときのような清々《すがすが》しい気持ちがいっぱいに溢れてくるのである。そして心の中で確信する。

これが青春だ！

初出誌

霞町物語　「小説現代」一九九五年一月号
夕暮れ隧道　「小説現代」一九九五年八月号
青い火花　「小説現代」一九九六年二月号
グッバイ・Dr.ハリー　「小説現代」一九九六年六月号
雛の花　「小説現代」一九九七年四月号
遺影　「小説現代」一九九七年十二月号
すいばれ　「小説現代」一九九八年二月号
卒業写真　「小説現代」一九九八年三月号

この本は一九九八年八月に小社より刊行された作品です。

|著者| 浅田次郎　1951年東京都生まれ。1995年『地下鉄《メトロ》に乗って』で第16回吉川英治文学新人賞、1997年『鉄道員《ぽっぽや》』で第117回直木賞、2000年『壬生《みぶ》義士伝』で第13回柴田錬三郎賞、2006年『お腹《はら》召しませ』で第1回中央公論文芸賞と第10回司馬遼太郎賞、2008年『中原の虹』で第42回吉川英治文学賞、2010年『終わらざる夏』で第64回毎日出版文化賞、2016年『帰郷』で第43回大佛次郎賞をそれぞれ受賞。2015年紫綬褒章を受章。『蒼穹の昴』『珍妃の井戸』『中原の虹』『マンチュリアン・リポート』『天子蒙塵《てんしもうじん》』からなる「蒼穹の昴」シリーズは、累計600万部を超える大ベストセラーとなっている。2019年、同シリーズをはじめとする文学界への貢献で、第67回菊池寛賞を受賞した。その他の著書に、『日輪の遺産』『歩兵の本領』『天国までの百マイル』『おもかげ』『大名倒産』『流人道中記』など多数。

霞町物語《かすみちょうものがたり》

浅田次郎《あさだじろう》

2000年11月15日第1刷発行
2025年6月11日第46刷発行

発行者――篠木和久
発行所――株式会社　講談社
東京都文京区音羽2-12-21　〒112-8001
電話　出版（03）5395-3510
　　　販売（03）5395-5817
　　　業務（03）5395-3615

Printed in Japan

講談社文庫
定価はカバーに表示してあります

KODANSHA

デザイン―菊地信義
製版―――株式会社DNP出版プロダクツ
印刷―――株式会社KPSプロダクツ
製本―――株式会社KPSプロダクツ

ISBN4-06-273015-4

講談社文庫刊行の辞

二十一世紀の到来を目睫に望みながら、われわれはいま、人類史上かつて例を見ない巨大な転換期をむかえようとしている。

世界も、日本も、激動の予兆に対する期待とおののきを内に蔵して、未知の時代に歩み入ろうとしている。このときにあたり、創業の人野間清治の「ナショナル・エデュケイター」への志を現代に甦らせようと意図して、われわれはここに古今の文芸作品はいうまでもなく、ひろく人文・社会・自然の諸科学から東西の名著を網羅する、新しい綜合文庫の発刊を決意した。

激動の転換期はまた断絶の時代である。われわれは戦後二十五年間の出版文化のありかたへの深い反省をこめて、この断絶の時代にあえて人間的な持続を求めようとする。いたずらに浮薄な商業主義のあだ花を追い求めることなく、長期にわたって良書に生命をあたえようとつとめるところにしか、今後の出版文化の真の繁栄はあり得ないと信じるからである。

同時にわれわれはこの綜合文庫の刊行を通じて、人文・社会・自然の諸科学が、結局人間の学にほかならないことを立証しようと願っている。かつて知識とは、「汝自身を知る」ことにつきていた。現代社会の瑣末な情報の氾濫のなかから、力強い知識の源泉を掘り起し、技術文明のただなかに、生きた人間の姿を復活させること。それこそわれわれの切なる希求である。

われわれは権威に盲従せず、俗流に媚びることなく、渾然一体となって日本の「草の根」をかたちづくる若く新しい世代の人々に、心をこめてこの新しい綜合文庫をおくり届けたい。それは知識の泉であるとともに感受性のふるさとであり、もっとも有機的に組織され、社会に開かれた万人のための大学をめざしている。大方の支援と協力を衷心より切望してやまない。

一九七一年七月

野間省一

講談社文庫　目録

講談社文庫 目録

講談社文庫　目録

講談社文庫 目録

池波正太郎 わが家の夕めし
池波正太郎 新装版 緑のオリンピア
池波正太郎 新装版 殺しの四人〈仕掛人・藤枝梅安㈠〉
池波正太郎 新装版 梅安蟻地獄〈仕掛人・藤枝梅安㈡〉
池波正太郎 新装版 梅安最合傘〈仕掛人・藤枝梅安㈢〉
池波正太郎 新装版 梅安針供養〈仕掛人・藤枝梅安㈣〉
池波正太郎 新装版 梅安乱れ雲〈仕掛人・藤枝梅安㈤〉
池波正太郎 新装版 梅安影法師〈仕掛人・藤枝梅安㈥〉
池波正太郎 新装版 梅安冬時雨〈仕掛人・藤枝梅安㈦〉
池波正太郎 新装版 忍びの女(上)(下)
池波正太郎 新装版 殺しの掟
池波正太郎 新装版 抜討ち半九郎
池波正太郎 新装版 娼婦の眼
池波正太郎 近藤勇白書(上)(下)〈レジェンド歴史時代小説〉
井上 靖 楊貴妃伝
石牟礼道子 新装版 苦《く》海《がい》浄《じょう》土《ど》〈わが水俣病〉
いわさきちひろ ちひろのことば
いわさきちひろ 松本 猛 いわさきちひろの絵と心
いわさきちひろ 絵本美術館編 ちひろ・子どもの情景〈文庫ギャラリー〉

いわさきちひろ 絵本美術館編 ちひろ・紫のメッセージ〈文庫ギャラリー〉
いわさきちひろ 絵本美術館編 ちひろの花ことば〈文庫ギャラリー〉
いわさきちひろ 絵本美術館編 ちひろのアンデルセン〈文庫ギャラリー〉
いわさきちひろ 絵本美術館編 ちひろ・平和への願い〈文庫ギャラリー〉
石野径一郎 新装版 ひめゆりの塔
今西錦司 生物の世界
井沢元彦 義経幻殺録
井沢元彦 光と影の武蔵〈切支丹秘録〉
井沢元彦 新装版 猿丸幻視行
伊集院 静 乳房
伊集院 静 遠い昨日
伊集院 静 夢は枯野を〈競輪躁鬱旅行〉
伊集院 静 野球で学んだこと ヒデキ君に教わったこと
伊集院 静 峠の声
伊集院 静 白秋
伊集院 静 潮流
伊集院 静 冬の蜻《とん》蛉《ぼ》
伊集院 静 オルゴール
伊集院 静 昨日スケッチ

伊集院 静 あづま橋
伊集院 静 ぼくのボールが君に届けば
伊集院 静 駅までの道をおしえて
伊集院 静 受け月
伊集院 静 坂の上のμ〈野球小説アンソロジー〉
伊集院 静 ねむりねこ
伊集院 静 新装版 二年坂
伊集院 静 お父やんとオジさん(上)(下)
伊集院 静 ノボさん〈小説 正岡子規と夏目漱石〉(上)(下)
伊集院 静 機関車先生〈新装版〉
伊集院 静 ミチクサ先生(上)(下)
伊集院 静 それでも前へ進む
いとうせいこう 我々の恋愛
いとうせいこう 「国境なき医師団」を見に行く
いとうせいこう 「国境なき医師団」をもっと見に行く〈ガザ、西岸地区、アンマン、南スーダン、日本〉
井上夢人 ダレカガナカニイル…
井上夢人 プラスティック
井上夢人 オルファクトグラム(上)(下)
井上夢人 もつれっぱなし

井上夢人 あわせ鏡に飛び込んで
井上夢人 魔法使いの弟子たち(上)(下)
井上夢人 ラバー・ソウル
池井戸 潤 果つる底なき
池井戸 潤 架空通貨
池井戸 潤 銀行狐
池井戸 潤 仇敵
池井戸 潤 空飛ぶタイヤ(上)(下)
池井戸 潤 鉄の骨
池井戸 潤 新装版 銀行総務特命
池井戸 潤 新装版 不祥事
池井戸 潤 ルーズヴェルト・ゲーム
池井戸 潤 半沢直樹1〈オレたちバブル入行組〉
池井戸 潤 半沢直樹2〈オレたち花のバブル組〉
池井戸 潤 半沢直樹3〈ロスジェネの逆襲〉
池井戸 潤 半沢直樹4〈銀翼のイカロス〉
池井戸 潤 半沢直樹 アルルカンと道化師
池井戸 潤 花咲舞が黙ってない〈新装増補版〉
池井戸 潤 ノーサイド・ゲーム
池井戸 潤 新装版 BT'63(上)(下)
岩瀬達哉 裁判官も人である〈良心と組織の狭間で〉
石田衣良 LAST[ラスト]
石田衣良 東京DOLL
石田衣良 てのひらの迷路
石田衣良 40《フォーティ》 翼ふたたび
石田衣良 sex
石田衣良 逆《さか》島《しま》断《たつ》雄《お》〈進駐官養成高校の決闘編1〉
石田衣良 逆島断雄〈進駐官養成高校の決闘編2〉
石田衣良 逆島断雄〈本土最終防衛決戦編1〉
石田衣良 逆島断雄〈本土最終防衛決戦編2〉
石田衣良 初めて彼を買った日
井上荒野 ひどい感じ—父・井上光晴
飯田譲治 協力 梓河人 神様のサイコロ
稲葉 稔 椋鳥の影〈八丁堀手控え帖〉
いしいしんじ プラネタリウムのふたご
いしいしんじ げんじものがたり
池永 陽 いちまい酒場
伊坂幸太郎 チルドレン
伊坂幸太郎 サブマリン
伊坂幸太郎 魔王〈新装版〉
伊坂幸太郎 モダンタイムス(上)(下)〈新装版〉
伊坂幸太郎 PK〈新装版〉
絲山秋子 袋小路の男
絲山秋子 御社のチャラ男
石黒 耀 死都日本
石黒 耀 忠臣蔵異聞〈家老 大野九郎兵衛の長い仇討ち〉
犬飼六岐 筋違い半介
犬飼六岐 吉岡清三郎貸腕帳
石川大我 ボクの彼氏はどこにいる?
石松宏章 マジでガチなボランティア
伊東 潤 国を蹴った男
伊東 潤 峠越え
伊東 潤 黎明に起《た》つ
伊東 潤 池田屋乱刃
石飛幸三 「平穏死」のすすめ〈口から食べられなくなったらどうしますか〉
伊藤理佐 女のはしょり道
伊藤理佐 また! 女のはしょり道

内田康夫 琵琶湖周航殺人歌
内田康夫 夏泊殺人岬
内田康夫 「信濃の国」殺人事件
内田康夫 風葬の城
内田康夫 透明な遺書
内田康夫 鞆《とも》の浦《うら》殺人事件
内田康夫 終幕《フィナーレ》のない殺人
内田康夫 御堂筋殺人事件
内田康夫 記憶の中の殺人
内田康夫 北国街道殺人事件
内田康夫 「紅藍《くれない》の女《ひと》」殺人事件
内田康夫 「紫《むらさき》の女《ひと》」殺人事件
内田康夫 藍色回廊殺人事件
内田康夫 明日香の皇子
内田康夫 華の下にて
内田康夫 黄金の石橋
内田康夫 靖国への帰還
内田康夫 不等辺三角形
内田康夫 ぼくが探偵だった夏

内田康夫 逃げろ光彦〈内田康夫と5人の女たち〉
内田康夫 悪魔の種子
内田康夫 戸隠伝説殺人事件
内田康夫 新装版 死者の木霊
内田康夫 新装版 漂泊の楽人
内田康夫 新装版 平城山《ならやま》を越えた女
内田康夫 秋田殺人事件
内田康夫 孤道
和久井清水 孤道 完結編〈金色の眠り〉
内田康夫 イーハトーブの幽霊
歌野晶午 死体を買う男
歌野晶午 安達ヶ原の鬼密室
歌野晶午 新装版 長い家の殺人
歌野晶午 新装版 白い家の殺人
歌野晶午 新装版 動く家の殺人
歌野晶午 密室殺人ゲーム王手飛車取り
歌野晶午 新装版 ROMMY 越境者の夢
歌野晶午 増補版 放浪探偵と七つの殺人
歌野晶午 新装版 正月十一日、鏡殺し

歌野晶午 密室殺人ゲーム2.0
歌野晶午 密室殺人ゲーム・マニアックス
歌野晶午 魔王城殺人事件
内館牧子 終わった人
内館牧子 別れてよかった〈新装版〉
内館牧子 すぐ死ぬんだから
内館牧子 今度生まれたら
内田洋子 皿の中に、イタリア
宇江佐真理 泣きの銀次
宇江佐真理 晩鐘〈続・泣きの銀次〉
宇江佐真理 虚ろ舟〈泣きの銀次参之章〉
宇江佐真理 室の梅〈おろく医者覚え帖〉
宇江佐真理 涙堂〈琴女《ことじょ》癸酉《きゆう》日記《にっき》〉
宇江佐真理 あやめ横丁の人々
宇江佐真理 卵のふわふわ 八丁堀喰い物草紙・江戸前でもなし
宇江佐真理 日本橋本石町やさぐれ長屋
浦賀和宏 眠りの牢獄
上野哲也 五五五文字の巡礼〈魏志倭人伝トーク 地理篇〉
魚住 昭 渡邉恒雄 メディアと権力

講談社文庫 目録

魚住　昭　野中広務　差別と権力
魚住直子　非・バランス
魚住直子　未・フレンズ
魚住直子　ピンクの神様
上田秀人　密封〈奥右筆秘帳〉
上田秀人　国禁〈奥右筆秘帳〉
上田秀人　侵蝕〈奥右筆秘帳〉
上田秀人　継承〈奥右筆秘帳〉
上田秀人　簒《さん》奪《だつ》〈奥右筆秘帳〉
上田秀人　秘闘〈奥右筆秘帳〉
上田秀人　隠密〈奥右筆秘帳〉
上田秀人　刃傷〈奥右筆秘帳〉
上田秀人　召《めし》抱《かかえ》〈奥右筆秘帳〉
上田秀人　墨《ぼっ》痕《こん》〈奥右筆秘帳〉
上田秀人　天下〈奥右筆秘帳〉
上田秀人　決戦〈奥右筆秘帳〉
上田秀人　前夜〈奥右筆外伝〉
上田秀人　軍師の挑戦〈上田秀人初期作品集〉
上田秀人　天主信長〈表〉〈我こそ天下なり〉

上田秀人　天主信長〈裏〉〈天を望むなかれ〉
上田秀人　波乱〈百万石の留守居役㈠〉
上田秀人　思惑〈百万石の留守居役㈡〉
上田秀人　新参〈百万石の留守居役㈢〉
上田秀人　遺臣〈百万石の留守居役㈣〉
上田秀人　密約〈百万石の留守居役㈤〉
上田秀人　使者〈百万石の留守居役㈥〉
上田秀人　貸借〈百万石の留守居役㈦〉
上田秀人　参勤〈百万石の留守居役㈧〉
上田秀人　因果〈百万石の留守居役㈨〉
上田秀人　忖《そん》度《たく》〈百万石の留守居役㈩〉
上田秀人　騒動〈百万石の留守居役(十一)〉
上田秀人　分断〈百万石の留守居役(十二)〉
上田秀人　舌戦〈百万石の留守居役(十三)〉
上田秀人　愚劣〈百万石の留守居役(十四)〉
上田秀人　布石〈百万石の留守居役(十五)〉
上田秀人　乱麻〈百万石の留守居役(十六)〉
上田秀人　要《よう》訣《けつ》〈百万石の留守居役(十七)〉
上田秀人　梟《ふくろう》の系譜〈宇喜多四代〉

上田秀人　竜は動かず　奥羽越列藩同盟顛末　〈上〉万里波濤編　〈下〉帰郷奔走編
上田秀人　戦端〈武商繚乱記㈠〉
上田秀人　悪貨〈武商繚乱記㈡〉
上田秀人　流言〈武商繚乱記㈢〉
上田秀人ほか　どうした、家康
内田　樹　下流志向〈学ばない子どもたち　働かない若者たち〉
内田　樹
釈　徹宗　現代霊性論
上橋菜穂子　獣の奏者〈Ⅰ闘蛇編〉
上橋菜穂子　獣の奏者〈Ⅱ王獣編〉
上橋菜穂子　獣の奏者〈Ⅲ探求編〉
上橋菜穂子　獣の奏者〈Ⅳ完結編〉
上橋菜穂子　獣の奏者〈外伝　刹那〉
上橋菜穂子　物語ること、生きること
上橋菜穂子　明日は、いずこの空の下
上野　誠　万葉学者、墓をしまい母を送る
海猫沢めろん　愛についての感じ
海猫沢めろん　キッズファイヤー・ドットコム
冲方　丁　戦の国
冲方　丁　十一人の賊軍

講談社文庫　目録

上田岳弘　ニムロッド
上田岳弘　旅のない
上野　歩　キリの理容室
内田英治　異動辞令は音楽隊！
遠藤周作　ぐうたら人間学
遠藤周作　聖書のなかの女性たち
遠藤周作　さらば、夏の光よ
遠藤周作　最後の殉教者
遠藤周作　反逆(上)(下)
遠藤周作　ひとりを愛し続ける本
遠藤周作　周作塾〈読んでもタメにならないエッセイ〉
遠藤周作　新装版 海と毒薬
遠藤周作　新装版 わたしが・棄てた・女
遠藤周作　深い河《ディープ・リバー》〈新装版〉
江波戸哲夫　新装版 銀行支店長
江波戸哲夫　集団左遷
江波戸哲夫　新装版 ジャパン・プライド
江波戸哲夫　起業の星
江波戸哲夫　ビジネスウォーズ〈カリスマと戦犯〉

江波戸哲夫　リストラ事変〈ビジネスウォーズ2〉
江上　剛　頭取無惨
江上　剛　企業戦士
江上　剛　リベンジ・ホテル
江上　剛　起死回生
江上　剛　瓦礫の中のレストラン
江上　剛　非情銀行
江上　剛　東京タワーが見えますか。
江上　剛　慟哭の家
江上　剛　家電の神様
江上　剛　ラストチャンス 再生請負人
江上　剛　ラストチャンス 参謀のホテル
江上　剛　一緒にお墓に入ろう
江國香織　真昼なのに昏《くら》い部屋
江國香織他　100万分の1回のねこ
円城　塔　道化師の蝶
江原啓之　スピリチュアルな人生に目覚めるために〈心に「人生の地図」を持つ〉
江原啓之　トラウマ あなたが生まれてきた理由
円堂豆子　杜《もり》ノ国の神隠し

円堂豆子　杜ノ国の囁《ささや》く神
円堂豆子　杜ノ国の滴《したた》る神
円堂豆子　杜ノ国の光ル森
NHKメルトダウン取材班　福島第一原発事故の「真実」〈ドキュメント編〉
NHKメルトダウン取材班　福島第一原発事故の「真実」〈検証編〉
大江健三郎　新しい人よ眼ざめよ
大江健三郎　取り替え子《チェンジリング》
大江健三郎　晩年様式集《イン・レイト・スタイル》
小田　実　何でも見てやろう
沖　守弘　マザー・テレサ〈あふれる愛〉
岡嶋二人　解決まではあと6人〈5W1H殺人事件〉
岡嶋二人　99％の誘拐
岡嶋二人　クラインの壺
岡嶋二人　ダブル・プロット
岡嶋二人　新装版 焦茶色のパステル
岡嶋二人　チョコレートゲーム 新装版
岡嶋二人　そして扉が閉ざされた〈新装版〉
太田蘭三　殺《さつ》・風《ふう》・景《けい》〈警視庁北多摩署特捜本部〉
大前研一　企業参謀 正・続

2025年3月14日現在